無鹽妖嬈 1

風文創 059

玉贏 著

目錄

自序　春秋戰國有縱橫

我最喜歡的朝代有兩個，其中一個便是春秋戰國。那是一個聖人輩出的時代，幾千字的《道德經》，幾千字的《黃帝內經》，幾千字的《孫子兵法》，它們如太陽一樣，數千年來一直為後人指引著方向。

我無法用言語來表達我對這個時代的仰慕和嚮往！

因此，在一再的猶豫後，我共開了四本描寫春秋戰國的書，而這一本《無鹽妖嬈》，便是我正式寫春秋的第一本，也是我懷著濃烈的激情和希望所寫的第一本。

這本《無鹽妖嬈》，我寫的是架空歷史。因為，如果不架空的話，出於對歷史的敬畏我不敢動筆！

在這本書中，除了寫我慣寫的愛情外，除了寫出一段從卑微處萌芽、於繁華處盛開的情愛之花外，我還寫了諸子百家中的縱橫家。

縱橫權謀之術，一直是中國政治鬥爭的精髓，我根本不敢說我能真正地寫出這「縱橫」兩字，我只是想儘量把我所敬畏的、我所感動的、我所嚮往的那個時代，那種智慧向大家傾訴一二。

也只能傾訴一二！

朋友們，打開來看看吧，看看我筆下的春秋戰國，看看我筆下的縱橫家，也許有很多幼稚的地方，但是我相信你們能從字裡行間，看到我那種狂熱的仰慕和激情！

第一章　穿成春秋一醜姬

孫樂是在一陣搖晃中清醒過來的。

首先映入她眼簾的是一個很小的空間，四面連同頭頂都由麻布做成，只有她躺著的地方是一片木板。

木板在搖，搖晃得很劇烈。

孫樂眨了眨眼，看到一絲光亮從左側麻布開的小洞中透進來。

我這是到了哪裡？

她疑惑地想著，慢慢伸出手靠向那小洞。她的手剛一伸，整個人便怔住了。

這不是她的手！

出現在她視野中的是一隻小小的、枯瘦如柴，透著一股青灰色的小手。這樣一隻手絕對不可能是她的手！

這個念頭一湧出孫樂的腦海，她便像忽然警醒了一般，整個人翻身而起，雙手撫上臉頰，繼而眼睛看向身體。

這一撫一看，她便把雙眼緊緊地給閉上了。

一定是幻覺，一定是！我怎麼可能突然間變成了另外一個人？對，我一定在作夢！

雙眼閉上了，木板依舊在搖，外面「吱嘎吱嘎」的木輪滾動聲中，她知道自己正在不緊不慢地被載著前進。

這個夢可真奇怪，連聲音也這麼逼真！

直過了好一會兒，孫樂才再次睜開眼來。這一睜開眼來，見到的、撫到的，依舊與剛才一樣，是屬於一個十一、二歲的小女孩的身體，而不是她自己的！

嗡嗡一陣空鳴中，一個念頭浮出了孫樂的腦海：難道說，我是穿越了？

正在孫樂思緒亂如麻的時候，一個聲音從外面傳來——

「爺，從哪道門進？」

這個聲音中透著一種卑怯和獻媚。

一個居高臨下的聲音接著傳來——

「從第三道側門吧。」

「喏，喏。」

聽到這裡，孫樂一凜，她連忙拋開那些亂七八糟的想法，把手朝小洞處一掀，拉開了半邊麻布。

出現在她眼前的是一片圍牆，圍牆全由巨大的石頭構成，一眼望不到邊。石頭圍牆外雜草林立，樹木掩映。

而她自己所乘坐的是一輛牛車，一個三十來歲的削瘦漢子身穿麻衣坐在車伕的位置上，他的頭髮梳成了一個髻，用一根木杈固定在頭上。與削瘦漢子說話的是一個四十來歲的中年人，略肥，身穿錦衣，約一百六十公分高矮，幾根稀稀落落的頭髮被一根金釵固定在頭上。他昂著頭，那擠在肥肉間的小眼睛不屑地掃了車伕一眼便揚長而去。

天啊，難道我真的穿越了？還是穿回到了古代？

那中年人一走，孫樂便怯怯地開了口。「大叔，這是哪裡？」她一開口，便發出自己這個身體的聲音，弱弱的，語氣中含著一種怯意、一種卑微。

那車伕回過頭來看向孫樂，他的臉不但削瘦，還皺紋橫生，乾枯的臉上沒有半點容光，不大的眼睛中也沒有半點光澤，臉上的皺紋裡堆著層層疊疊的老皮，彷彿從來沒有認真清洗過一樣。

車伕在看著孫樂時，他的眼中流露出一股憐憫，同時憐憫中又含著羨慕。這是兩種完全不同的表情，居然同時出現在他的臉上。

「妳醒來了啊？丫頭，妳這次可走大運了啊！妳知道妳昨天奮勇相救的人是誰嗎？他可是姬府的五公子啊！五公子看在妳對他有救命之恩的分上，決定納妳為他的第十八房小妾！這不，他們管家的還派了一頭這麼油光水亮的牛來接妳進門呢！」

轟！孫樂只覺得耳中一陣嗡嗡作響！敢情她一覺醒來，不但穿越了，還成了某一位公子十八個小妾中的一個？

車伕說了這一句後，便轉過頭「叱——」地喝趕著牛。

在牛車又一陣晃動後，孫樂怯怯地又開口了。「大叔，你剛才說我這是去給五公子做第十八房小妾？」

車伕頭也不回地說道：「喏。妳這丫頭命倒是不錯，居然讓五公子看中了。我說丫頭啊，妳進了姬府後，要是能想法子與五公子睡一、兩次，生一個兒子，那就是真有大福氣了。噫，這事有點難想，有點難想。」

孫樂聽到這裡，真是雙眼發直，良久都說不出話來。

就在她的頭腦還處於漿糊中時，牛車搖搖晃晃地來到了一個小小的拱形門前，這拱形門很小，不到一百五十公分的高度，又很窄，人稍微高一點便得彎腰側身才能通過。

「吒——」車伕一聲長喝，把牛拉住後跳下了牛車。他轉向孫樂，朝著那小拱門一指，說道：「丫頭妳進門吧，大叔送到這裡便不能進去了。」

孫樂還是雙眼一抹黑，什麼也沒有弄明白。她望了望那旁邊都是雜草叢生的拱門，怯怯地說道：「大叔，我、我這就進去啊？」

車伕一邊扯著牛繩準備轉彎回走，一邊回道：「喏。妳跨了這道門便是姬府的人了。」

看到他跳上牛車就走，孫樂心中一急，她那怯怯的聲音終於提高了些許。「大叔，我、我怕呢！」

「吒——」又是一聲急喝，車伕把牛車一停，轉頭看向孫樂。他打量著孫樂，半晌後嘆了一口氣說道：「與我家的娃兒一樣大呢。我說丫頭啊，大叔是個賤民，在這樣的富貴地方是不能待久了的，得趕緊把牛還給管家離開呢！丫頭妳想想，妳本來是個賤民，現在卻要成為人上人了，要是能想法子生個一男半女出來，那妳這一輩子都是人上人了。到時這麼大、這麼結實的石屋木屋，妳都可以睡一間占一間了，這可是天大的福分啊！丫頭妳別磨磨蹭蹭了，趕緊進去吧，要是碰巧五公子記得妳，可一定要表現好一點啊！」

車伕一口氣說到這裡，便不再停留，「叱──」地長喝一聲，便拉著牛車向西側門方向趕去。

孫樂站在拱門外久久沒有動彈。

從車伕的話中聽來，她嫁給這個五公子做什麼小妾，還真是天大的福氣，是那五公子看在她對自己有救命之恩的情況下給予的恩賜！

自己這個小身體上著的是一身麻衣，麻衣很新，顯然是剛做的，有點不合身，領口和袖口都很大。

自己的腳上著的是一雙草鞋，露出來的幾個腳趾透著青紫，倒是洗得很乾淨。

站著站著，一陣風吹過來，這時節約是八、九月份，陽光普照的，這風也很溫暖，可是這溫暖的風吹到她的身上，她卻生生地打了一個寒顫，整個人身子一軟，差點坐倒在地。

這身體可真是虛弱，還真是弱不禁風啊！

望著那道拱門，孫樂咬牙想道：管他呢，我先進去再說！我這副身體不但年幼，而且營養不良，想來那個五公子也不會有「性趣」！

想到這裡，她終於鼓起勇氣向拱門走去。

一進拱門，首先映入眼簾的便是一個小小的花園，三條碎石小路分三個方向穿過花園，盡頭便是一座連一座的木屋。

花園中，四、五個穿著麻布衣服的少女正在一邊說笑，一邊織著麻布，麻草在地上鋪了厚厚的一疊。這幾個少女都是十四、五歲年紀，長相略帶清秀。

看到孫樂進來，幾個少女都是一愣。

她們的眼光在孫樂身上稍一打量，便同時把眼光放在她麻布衣的襟口上，孫樂順著她們的目光看向自己的襟口，只見四、五朵牽牛花綁成一團插在那裡。她剛才一直心神不定，居然都沒有發現。

幾個少女錯愕地望著她襟口的牽牛花，她們看了一眼孫樂的臉，又看了一眼那些牽牛花，表情都是不敢置信。

孫樂本來性格有點內向，此刻對上幾雙灼灼打量的目光，不免有些不自在起來。

就在她低下頭想轉過彎找人問一下的時候，只聽得一個清脆悅耳的聲音從旁邊傳來——

「五哥哥，她是誰呀？長得這麼醜居然還在襟口上插了花？不會是你又弄了一個姬妾進來了吧？」

這是一個少女的聲音，甜美而清脆，與孫樂這個身體低暗卑怯的聲音實是天差地遠。

孫樂一聽少女這話，連忙抬起頭來順聲看去。這一看，她不由得雙眼一直。

出現在左邊碎石路上的是一個少年，約莫十五、六歲，身材頎長而清瘦。

他十分俊美。

這是一種宛如清泉，宛如雲霞的俊美，少年五官挺秀而立體，一雙宛如秋水長天的眼睛眼尾微微上挑。這樣的眼睛本來是桃花眼，會讓被他看到的女人都有一種他在對自己眉目傳情的感覺，可是這樣的眼睛配上少年那薄薄的、冷漠的唇，再配上那略略蒼白的臉上的疏淡氣質，那眼神便只會讓人渴望接近卻又不敢了。

少年一襲白色的錦衣，烏黑的頭髮用玉釵束在頭頂。他看人時，表情冷漠而遙遠，彷彿任何事都難以入他的眼一樣。

這少年讓任何人一看，第一感覺便是俊美，極清極淨又有點疏淡的俊美，這感覺很難形容。他宛如明月那樣耀眼，可以遮住任何人的光芒。如他身邊的那個小女孩，十二、三歲粉雕玉琢的，十分美麗，可是在他的映襯下卻一點也不顯眼了。

孫樂癡癡地望著少年，她的心在「怦怦怦」地跳得飛快，這飛快的跳動中，一種似是喜悅，似是渴望，隱隱又帶著甜蜜和酸楚的感覺驀地湧出她的心頭。

不對，這不是我的感覺！

孫樂在癡呆中分出一縷神智驚愕地想道：不過是一個美少年而已！我以前又不是沒有在電視裡面見到過，我的心怎麼能跳得這麼快？

對，這不是我的感覺，這一定不是我的感覺！對，這是這個身體的感覺！

孫樂雖然這麼想著，可她的心依舊「怦怦」地跳得飛快，她的眼睛依舊捨不得移開，她的胸口依舊酸甜中夾著微苦。

這個時候，不只是孫樂，那幾個少女也都如她一樣，一臉癡慕地仰望著少年。

少年聽了那小女孩的話，這時正向孫樂看來。在對上她癡慕的眼神時，他眉頭微揪，眼中飛快地閃過了抹厭惡。

正是這抹厭惡，使得孫樂終於掌握了自己的神智，她迅速地低下頭來，極力地把心底湧出的苦澀壓下去。

「五哥哥，她是不是你新納的小妾啊？五哥哥你說呀！」女孩嬌嗔的聲音再次傳來。

五公子掃了孫樂一眼，淡淡地說道：「不錯，她正是我新納的第十八房姬妾。阿福——」他清悅的聲音提高了些許。

一陣腳步聲傳來，一個青年有點喘地說道：「五公子，您叫我啊？」

五公子朝孫樂一指，淡淡地說道：「把她安排一下。雪姝，我們走吧。」

跑來的阿福約二十四、五歲，身材消瘦，臉色有點黃，一雙眼珠微微向外突出。阿福躬著身，直等五公子走遠後，才轉過頭來看向孫樂。

這一看，他也是一臉錯愕，對著她打量了一會兒後，阿福說道：「跟我來吧。」

孫樂低著頭，連忙緊走幾步，跟上了阿福。

她本來便是孤兒出身，在農村長大，六歲開始在政府的資助下讀完九年義務教育。初中畢業時，她的成績不錯，以全校第十名的成績考上了本縣縣二中。不過這時已不再有人資助她，而她也不願意去苦苦求那些隔了兩、三代的遠親，便放棄學業來到縣城裡，在飯店裡打工。

她平素也沒有什麼愛好，賺來的為數不多的錢幾乎都花在看一些雜書和自修上。這樣的日子過了不到一年，那一日她回老家，走到一半時遇到暴風雨，也是她運氣不好，恰好當時處在山林中，樹木處處，一不留神之下被雷劈了個正著，她一覺醒來便成了這麼一個小女孩。

正在這時，一陣清笑聲傳來。笑聲越來越近，孫樂不由得抬頭看去。

來的是五、六個少女，其中有三個便是剛才織麻的少女。這些少女本來嘻嘻哈哈地鬧得歡，一對上孫樂的目光，那笑聲便慢慢止住了。

走在最前面的一個少女長相清麗，生著一雙明媚的大眼睛。

少女瞪大眼，不敢置信地看著孫樂，把她從頭看到腳，又從腳看到頭後，驚訝地說道：「這個醜丫頭是誰呀？怎麼……怎麼她的襟口上戴了牽牛花?!」

少女的聲音有點尖，語氣中全是驚愕。

緊走在少女身後的，是一個剛才織麻時見過孫樂的少女。她連忙回道：「七姬姊姊，她可是五公子新納的十八姬呢！」

「啊?!」

一陣驚訝的、錯愕的叫聲此起彼伏地傳來，眾少女一個個眼睛瞪得老大，半天都說不出話來。

「不可能！」

「對呀，不可能的！五公子才不會看中這麼醜、這麼小的丫頭呢！」

七嘴八舌中，另一個也見過孫樂的少女說道：「是真的，五公子親口說的。」

這一句話一出，眾少女頓時啞口無言。

這時，阿福瞟了一眼眾少女後，轉頭對孫樂說道：「妳從現在起就待在西院第五廂裡，名字就叫十八姬，走吧。」

孫樂輕應了一聲，跟在阿福的身後跨進西院拱門，向裡面走去。她想道：原來到了這地方還得重新取過名字呢！

這點孫樂卻不知道，在這個世界中，地位低下的賤民是沒有名字的。有名字的人都是有了一點地位的人，而有了姓氏，那更是貴族的特徵。她自己的這個身體，在原來的村落裡大家也就是叫她丫頭、醜丫頭。

跨入西院，裡面一連二十多幢的木屋出現在孫樂眼前，這些木屋每一幢都是獨立的，幢和幢之間種著高大的榕樹，以碎石路相連。

阿福帶著她一直來到西院的盡頭，這裡有一幢小小的木屋，與別的木屋比起來特別顯得小和不起眼，它的周圍都是雜草和高大的榕樹，地方很偏。那木屋也很陳舊，連窗口都爬滿了藤蔓。

阿福一直帶著她來到木屋前，便停下說道：「十八姬，這便是妳住的地方。這個西院裡，住了五公子的十八個婢妾，妳最小，以後有事多做一些、多讓一些，沒有壞處。妳進去吧，有什麼要問的就去問一下妳的姊姊們。」

阿福頭一轉，忙不迭地大步離開。

孫樂伸手推向木屋的房門。「吱吱吱」一陣刺耳的磨擦聲中，木門給推了開來，同時，一陣灰片撲頭撲面地向她蓋來。

孫樂連忙伸手擋在眼前，可那灰塵還是不停地嗆入她的口鼻中，嗆得她連連咳嗽起來。

等了好一會兒，眼前的灰塵才慢慢散去。

孫樂揉搓著眼睛，慢步踏入這積了厚厚一層灰塵的木屋中。

這木屋共四間房，每個房間都空蕩蕩的。第一間是個偏房，靠裡側有個泥土炕，炕很大，足可以容下兩、三個人。第二間屬於堂房，中間擺著一張桌子，幾把石凳。至於第三間應該是個臥室，裡面有一張木床，一張桌子。而第四間，則靠近後面的樹林，位置有點偏，地方也有點小，裡面有個大木桶，應該是浴室吧？另外，在木屋的外面有一間小房子，裡面有灶臺和兩個破陶碗。

圍著木屋轉了一圈，在前一幢木屋的側後方發現了一個水井。

她現在肚子裡咕嚕嚕地叫個不停，想去找人問一問吃飯的地方，可仔細一聽，整個西院空空蕩蕩的，只有剛才進門的花園中發出一陣陣歡笑聲，想來那些姊姊們都聚到一塊兒去了。如果現在去問，難免又要招一頓嘲諷，還是等一會兒吧。

孫樂便忍著飢餓，就著水井搖了一桶清水，準備把房間打掃一下。

這個身體十分的廢，不過是一小木桶水，她幾乎是走一步休息一會兒，不過百公尺的距離，她足足休息了半個小時之久。

一個小時後，廚房終於順眼了一些。

伸手擦了一把額頭上的汗水，孫樂把水桶又送回了井邊，正準備轉身就走時，她突然記起，自己還沒有看過這個身體的長相呢！

孫樂走到井水旁，雙手扶著井沿，探頭朝水中看去。

水面很清澈，只有兩片落葉漂浮著。她一伸頭，一個面容便出現在清水中。

一看到水中出現的面容，孫樂的臉色唰地變得雪白！

出現在井水中的，是一個醜丫頭！她瘦小乾枯得看起來只有十歲左右，一頭枯黃的、稀稀落落的頭髮在頭頂上盤成了一個髮髻。

而她的臉，蠟黃晦暗，細長的雙眼沒有一點神采，嘴唇沒有一點血色。光看五官還是普通，可她臉上的皮膚，卻是遍布坑坑窪窪，而且這些坑窪帶著一種與旁邊皮膚色澤不同的灰暗紫青色，越是細看越是明顯。

還真是醜啊！

望著井水中的倒影，孫樂整個人都呆了。剛才眾人叫她醜丫頭時，她還沒有怎麼放在心上，只是以為營養不良的緣故導致皮膚氣色不好，可現在看來，這臉上的坑窪更像是從一生下來就有的。

這樣一張臉，連她自己看了也心中犯堵，何況是別人？何況是玉樹臨風、狀若明月的五公子？

當五公子這個名字出現在她的腦海中時，孫樂的眼前馬上出現了他剛才看到自己的面容時，流露出來的那抹厭惡！

孫樂想到這裡，心中直如什麼給堵住了一樣，悶得發慌。

她伸手捂著胸口，慢慢地退離了井水旁。雙眼盯著地面，孫樂暗暗想道：長得醜又怎麼樣？孫樂啊孫樂，妳從來便沒有想過要靠別人、要求得別人的歡喜，那麼醜又怎麼樣？妳前世最窮最苦也可以快樂地生活，這一世妳也可以做得到！

她慢慢地抿緊唇，放下捂在胸口的手，頭也不回地轉身向木屋走去。

孫樂畢竟是窮苦出身，只不過一會兒工夫，她便把這個身體長相不如人意的事拋到了腦後。她現在餓得胃中絞痛，只想弄點什麼把它填滿。

可是直到現在，西院中還是空蕩蕩的，沒有看到人在。孫樂咬了咬牙，提步向那小花園中走去。

剛走了幾步，她便停下腳步，低頭把胸襟上的牽牛花給取下來。以自己現在這副面孔，那個五公子願意納自己為十八房小妾，還真是為了報恩呢！

孫樂的這個身子實在太虛了，走了幾十步便有點雙眼發黑，腿肚發軟，當她挨挨蹭蹭地走到花園處時，又花了不少時間。

孫樂抬頭一瞅，花園中坐了十四、五個少女，這些少女或著布衣，或著麻衣，正在那裡一邊織著麻、一邊彼此取笑著。

孫樂扶著花園入口處的一棵白楊樹，看著這些歡樂的少女們，腳步不由得有點躊躇不前。

正在這時，一個少女轉過頭來看到了她。這個少女長相清麗，大眼明媚，是她見過的七姬。

七姬一抬頭看到了孫樂，不由得噗哧一聲笑了出來。她的笑聲引起了周圍幾個少女的注意，眾人紛紛轉頭向孫樂看來。

這時，其中一個生著一對濃眉的少女好奇地問道：「七姬，妳看著這個醜丫頭笑什麼呀？」

七姬伸手捂著小嘴，很是嬌媚地說道：「嘻嘻，十二姬，妳一定不知道這個醜丫頭是誰！」

兩女的交談聲，早就引起了眾女的注意，一時之間，眾女都轉過頭來好奇地看著孫樂。

七姬慢慢站起身來向孫樂走來，她走到一直低著頭的孫樂面前，又是嬌笑了一陣後，才提高聲音說道：「這位呀，她可是我們的十八姬！還是五公子親自弄進來的呢！」

「啊？」

「有這麼回事？」

「不可能！」

此起彼伏的驚嘆聲響起，眾女顯然都給驚呆了，一個個盯著孫樂竊竊私語不休。

七姬又笑道：「哈，看來十八姬把她繫在胸前的牽牛花給取下來了。我說十八姬啊，妳為什麼要取下那些花呢？那可是代表妳的新嫁娘身分的啊！」

七姬說到這裡，向孫樂靠近少許，她低著頭，吐出的芳香之氣直噴到她的臉上。「妳為什麼要取下那些牽牛花呢？告訴姊姊好不好呀？」語調親暱中隱帶嘲弄。

孫樂直到這時才慢慢地抬起頭來。

七姬一看到她的臉，雙眼中便迅速地閃過一抹厭惡。

孫樂彷彿沒有看到她眼神中的厭惡，只是平靜地對上七姬的雙眼，輕聲回道：「我救了五公子，他看我可憐才讓我進府的。五公子是天神一樣的人，他要喜歡也是喜歡像姊姊們這樣的美人呢！」

聽了孫樂的話，七姬嘴唇一癟，輕哼一聲，表情稍緩。

孫樂低下頭，聲音謙卑地說道：「七姬姊姊，妳能告訴我到哪裡吃飯的嗎？」

七姬瞟了她一眼。「別叫我姊姊，我可不想做妳的姊姊！」說到這裡，她對上孫樂的小身板，搖了搖頭嘆道：「這麼沒有幾兩肉，也不知能活得幾日。奚女，去給她弄點吃的。」

吩咐完後，她對著孫樂說道：「這院子裡吃的穿的可是都有份額的，這吃食的事都是上面有人專門送來各府各院的，妳的那一份，不如妳去問問五公子吧。喲，看妳這站也站不穩的樣子，真是可憐，呶，今天我施捨妳一頓飯吧。」說罷，她下巴一揚，極為傲慢地給了孫樂一個背影。

對著離開的七姬，孫樂微微一福，低聲說道：「謝謝七姬。」她不要自己叫姊姊，她也就沒有必要叫了。

孫樂雙眼盯著地面，暗中想道：小心無大錯，在生存的前提下，我又有什麼忍不得的！

一雙草鞋出現在孫樂的視野中，同時，一個清脆的、不耐煩的聲音傳入她的耳中——

「十八姬，這是我家姑娘賞給妳的飯菜，妳拿著吧！」

說罷，一只陶碗硬塞到她的手中。

這是一只發黑的陶碗，邊坎上還有一抹污黑，裡面盛著大半碗清粥，粥上漂著兩片焦黃的青菜葉。

孫樂把陶碗握緊了，頭也沒抬地低聲說道：「多謝姊姊。」

說罷，她也不再多言，轉身就走。

孫樂早就餓得頭暈眼花了，跌跌撞撞地走到一個角落裡，她便把碗朝著嘴裡一倒，狼吞虎嚥了起來。

三兩下，一碗粥便入了肚。感覺到一股暖流從胃中升起，她輕輕地吁了一口氣。

胃中填了東西後，做事時也多了一分氣力，孫樂又用了兩個小時把幾間房子清理乾淨。

現在剛過中午不久，還有半天時間，她得在這半天時間裡去尋找一些可以充飢的食物。至於七姬所說的，吃飯的事去問五公子，那話一聽就不對頭。她也不想去詢問誰，去再受一次侮辱。

她的木屋是處於西院的最後一間，再往後，便是一片雜亂的樹林，然後是一個石頭疊成的兩公尺高的圍牆，圍牆外面是山。也不知那山裡頭有沒有可吃的野菜什麼的？

孫樂找到幾塊石頭，費盡九牛二虎之力把這些石頭疊在一起後，踩在石頭上，氣喘吁吁地爬上了圍牆，見四下無人，她坐在圍牆上足足休息了會兒才小心地向下攀去。

後山中雜草叢生，樹木林立，而且沒有路。

孫樂的草鞋穿不慣，有好幾次都被荊刺給掛著了，費了好大的力氣才扯出來。這樣反覆四、五次後，草鞋也有點破了。

孫樂望著足上的草鞋，咬了咬牙，繼續向前面的山坡上爬去。

爬上山坡，透過雜草叢，隱隱可以看到一條小溪經過。

孫樂這時的手中已拿著一根樹幹，她一邊用樹幹撥開草叢，一邊試探著前進。

又爬過一座小山坡後，孫樂的雙眼被一叢藤蔓給吸引住了——那是山藥！那是好幾十叢山藥！天啊，終於找到了！一陣狂喜湧出她的心頭，孫樂輕叫一聲，手足並用，急急地向那山藥叢衝去。

就在她一屁股坐在山藥藤上時，一個稚嫩的小小少年的聲音傳來——

「妳是誰？怎麼跑到這裡來了？」

孫樂回過頭去。

只見左側的小山坡上，站著一個十一、二歲的少年，少年有點瘦弱，一雙烏黑的大眼珠正靈活地轉動著，他清秀的、有點蠟黃的小臉上東一塊西一塊地沾著泥土。

少年一看到孫樂的臉，嘴一咧便是一陣大笑，笑聲中，他得意地蹦到孫樂的面前，沾滿了泥土、已經看不清本來面目的光足在她身上踢了踢，少年叫道：「妳長得可真醜啊！醜八怪，快點給小爺起來問好！」

孫樂靜靜地瞟了少年一眼後，慢慢站起身來。

少年見她果然應聲站起，更是得意地咧嘴笑個不停。

孫樂卻看也不看少年一眼，她重新蹲下身子看著這堆山藥，苦惱起來。沒有鐵器，這可怎麼挖出來呀？她剛才在西院、在路上可是連鐵器的影子也沒有看到。

見孫樂不理自己，少年雙眼骨碌碌地轉動著，他看了一眼那山藥藤，又看了一眼孫樂後，指著她的小臉叫道：「哇，醜八怪，妳真是醜八怪！」

少年的聲音提得很高，好像故意要挑起孫樂的怒火一樣。

這時，一個老弱的嘶啞聲傳來。「弱兒，你在說誰呀？」

這是一個很蒼老的聲音，緩慢、低沈、艱澀而費力，孫樂不由得順聲轉頭看去。

只見少年剛才跳出的山坡上，出現了一個六、七十來歲的老頭子。他佝僂著背，鬚髮蒼白，皺紋橫生的。

老人抬起渾濁的老眼打量著孫樂，他看得很認真，直看了好一會兒他才衝著孫樂點了點頭，蒼老的臉上露出很不自在的表情。「小丫頭不要見怪，弱兒他只是調皮，他沒有惡意的。」

老頭顫巍巍地走到少年弱兒的面前，蹲下身來看著他的雙眼，問道：「弱兒，你怎麼不聽爺爺的話，自己跑到山上來了？」

弱兒低下頭，髒兮兮的小足在泥土地上拔弄著，卻是一言不發。

老頭嘆了一口氣，伸手摸著弱兒的頭，搖了搖頭不再追問。

他轉過頭看向孫樂，笑道：「丫頭，妳在這裡做什麼？」

孫樂正想向老人討教一些問題，聽到他主動問起，連忙尊敬地說道：「老爺爺，我想把這種草根挖出來吃，可樹枝根本挖不動，老爺爺你有好法子嗎？」

老頭看了看山藥藤，有點詫異地說道：「這……這草根可以吃？」

孫樂大力地點著頭，說道：「是啊，我以前就吃過，可好吃呢！」

老頭想了一會兒。「銅器和鐵器應該好挖，不過這些都看管得很緊，不能隨便弄出來用。」

聽到這裡，孫樂心中一涼：天啊，這是什麼鬼地方？連銅器和鐵器都被看管得很緊?!

老頭沒有察覺到孫樂的不安，繼續說道：「爺爺我那裡倒是有兩把石鋤。只是太遠了，丫頭妳明天來吧，明天叫弱兒帶把石鋤來幫妳挖。」

居然還用石鋤？孫樂雙眼都直了。

看到她傻站著不說話，老頭以為她心中焦急，打量著她瘦弱不堪的身體，老頭徐徐地嘆了一口氣。「丫頭不用急，妳是不是肚子餓了？爺爺這裡還有一塊麻餅呢！」

說罷，他伸手入懷，在那裡窸窸窣窣地掏摸起來。

孫樂搖了搖頭，低聲說道：「不是這樣的，老爺爺，我現在不餓，我只是得自己想法子弄到吃的。」

老頭的動作停了下來，他盯著孫樂，直盯了好一會兒，才嘆氣道：「我明白了。丫頭，只是妳的身子實在太弱了。」

他思索了一會兒後，伸手又在懷中掏摸起來。

老頭窸窸窣窣地掏了半天，終於從懷中掏出了一塊竹片。老頭眼睛有點昏花，他把竹片遠遠地放開，足放得有一臂遠，他才一邊瞄著竹片一邊說道：「丫頭妳不識字吧？爺爺這裡有一個吐納的法子。」

吐納的法子？難道是那種可以修仙、可以成為大俠的呼吸之法?!

一時之間，孫樂的心開始怦怦地跳得飛快。

老頭繼續說道：「以前野獸橫行，銅器鐵器都很罕見，大傢伙兒手中沒有兵器，野獸一來，不管是莊稼還是百姓都得倒楣，伏窮他老人家便發明了這個吐納的法子給大傢伙兒增強體力。說起來這法子大傢伙兒都學了，我老頭年輕的時候不相信，前年試著練了練，發現整個人都精神些了。呵呵，丫頭妳好好聽著，爺爺我唸給妳聽喔！」

孫樂聽到這裡，那激昂的、興奮的心情便如氣球一樣「叭」地一聲就給破了！

老頭一唸，她便覺得熟悉，當老頭斷斷續續地把那二、三十個字唸完時，孫樂已完全無精打采了。這法子她很熟！老頭只是一說，她的身體便告訴她，這個吐納呼吸之法她的前身早就倒背如流了！

老頭不顧完全失去興趣的孫樂，自顧自地把那二、三十個字重複了三遍，這才小心翼翼地把竹片重新收到懷中。

孫樂見老頭終於住了嘴，連忙挨上前一步，伸手揪著老頭的袖子，吶吶地、期待地問道：「老爺爺，你剛才說起伏窮他老人家的事，我還想聽呢！」

她眼珠子一轉，想了想又說道：「老爺爺，你先說說當今天子的故事吧！」她瞟了弱兒一眼，見少年也是雙眼亮晶晶地看著老頭，便又說道：「你看，弱兒也想聽呢！」

老頭看了孫樂一眼，慢慢地在旁邊的一個土墩子上坐下說了起來。

從他的嘴裡，孫樂發現這個世界並不是她已知的歷史中的任何一個朝代。這裡的天子姓周，至今已延續了二十三代五百年了。在周天子治下，共有十幾個諸侯國，這些諸侯國都是第一任周天子分封的，到了現在已經有尾大不掉之勢。

至於她現在所在的地方叫齊，齊侯是齊地的諸侯王。

而她所在的姬府府主則是齊侯屬下的二十幾個城主之一。姬城主共有八子，五公子是他最為寵愛的三個兒子之一。

而老頭叫扶老，是附近村中的長者。

扶老的故事一說起頭便滔滔不絕，沒有個完結的時候，孫樂一邊聽，一邊又挖起山藥來。孫樂當下四處尋找，終於，她在扶老來的那個山坡上找到了一片石刀。

在太陽要落山的時候，孫樂挖出了一叢山藥，這些山藥加起來約有十來尺，粗大肥厚，光是看著孫樂便有點流口水。

孫樂就近撿了一些枯柴，堆在一起借扶老的火石點了個火，把山藥在附近的一個淺塘中洗乾淨，皮也不去，便堆到燒紅的火灰中烤起山藥來。

在烤著山藥的時候，孫樂向扶老要過那竹片來，這竹片的字體，卻是隸書。這種隸書她倒是識得一些，連猜帶矇的也可以把竹片上的字全部認出。

雖然如此，為了在這個世上生存能多一些本錢，孫樂還是要求扶老教她識字。

孫樂有了前世的記憶，學起字來飛快。那竹片上的二、三十個字，扶老只唸一遍便足夠了。這樣的「天分」，讓老頭連連感慨。孫樂因為不知道下次還有沒有這個機會遇到扶老，並在他的面前討教，便求他再教了百來個字。

時間飛快的過去，還沒有一個小時，孫樂便把那一百個字都熟記於心。就在扶老連連感嘆她的天才時，山藥燒熟了，一股清香撲鼻而來。

孫樂看到一老一小都轉頭瞟向火堆，便用樹枝把那幾根山藥挖出來，把它們放在旁邊的樹葉上涼了一會兒後，孫樂伸手拿起一根，剝開皮，露出裡面白嫩滑膩的山藥肉，恭恭敬敬地把它放在了扶老的面前。「扶老，您請用吧。不過這裡面沒有放鹽，味道只是一般。」

扶老早就等不及了，他一手接過，大大地咬了一口，一邊狼吞虎嚥，一邊含糊地說道：「有得吃就行了，要鹽可不容易。」

孫樂又撕了一條遞給弱兒，最後才輪到她自己。她實在是餓了，中午喝的那點稀粥太少，又折騰了這麼大半天，現在吃著這沒有油鹽的山藥肉，她直覺得滿口生香。

孫樂收集這一叢山藥足有三、四斤左右，三人你一根、我一根，一會兒就解決了，全部吃完後，扶老還意猶未盡地嘆了口氣。「確實是好東西，一入肚整個人都舒服了。」

當然是好東西了，山藥本身便是一味大補氣力的中藥，更何況他們吃的這一叢一看就知道是有些年份的。

他慢慢站起身來，牽著弱兒的手說道：「時間不早了，我們得走了。」見弱兒還在瞅著孫樂，扶老笑道：「弱兒，你可以明天再來啊，小姊姊明天一定還會在這裡的。」

雖然從外表上看來，弱兒和孫樂的年齡差不多，不過眼神卻騙不了人，自然而然的，二人都覺得孫樂應該是姊姊。

弱兒被扶老牽著走了四、五步後，忽然轉過頭來朝孫樂叫道：「喂，醜丫頭，我明天再來找妳玩喔！」

他不等孫樂回答，便扯著他爺爺的手蹦蹦跳跳地向山坡上爬去。

望著他們離開的身影，孫樂忽然記起一事——自己這樣不聲不響地離開大半天，會不會惹下麻煩？

來到圍牆處，很簡單便找了兩塊大石頭擺起。孫樂剛吃飽了山藥，力氣大了不少，那二公尺高的圍牆她踩了幾下，便翻騎了過去。

孫樂一進入姬府的院落裡，便豎著耳朵聽了一會兒。幸好，還很安靜，只有不遠處有說話聲傳來。

她縮手縮腳地來到自己的木屋後面，又豎耳聽了聽，在確定沒有人後，她輕吁了一口氣，躡手躡腳地回到木屋。

她雖然只走了這麼遠，可這個身體的底子實在太薄了，坐了好一會兒心臟還在怦怦亂跳，手腳發軟。

休息了一會兒後，開始無聊的孫樂看向自己小小的手腳，暗暗想道：我這麼一副癆病鬼的樣子，也不知是怎麼救了五公子的？不行，身體好才是根本，我得加緊鍛鍊一下。

想到做到，她馬上跑到那側房的土床上，雙腳盤起，雙手合於胸前，按照剛才扶老所說的、她早就倒背如流的吐納之法冥思起來。

直過了半個小時，孫樂才睜開眼來。縱身跳下炕，孫樂揉著坐麻了的雙腳嘀咕起來，「根本就沒有感覺嘛！哎，我也太性急了，像這樣的吐納之法，靠的就是年深月久的堅持，我這麼一下怎麼會有效果呢？」

這樣啥也不想，只是呼啊吸的，實在有點無趣。孫樂甩了甩手腳後，慢慢走出房門看起風景來。

夜幕剛臨，圓月掛在樹梢上，一陣嬉笑聲越來越近，嬉笑聲中伴著十幾個火把，看來她那些所謂的姊姊們都回府了。

孫樂一想到那些少女，便打了一個寒顫。她連忙跑回房中。

幾間房，只有那間臥室的窗戶甚大，而且正對著東方，圓月的銀輝雖淡，卻還是清楚地透進房中。

孫樂在房中走了幾步後，又為自己這個身體發起愁來。她忽然想道：我可以跑步啊！對了，我還可以打太極拳！這些都是鍛鍊身體的好法子。至於那個吐納之法，以後我每天睡覺前做一、兩個小時便可以了。

她想到這裡，心中大是一鬆，身子一動，便在房間中小步地跑了起來。

一圈、兩圈、三圈、四圈……

房間很小，跑了五圈也不過過去了兩分鐘，可就這麼兩分鐘，孫樂的這個身體就開始雙腳乏力，整個人累得差點癱倒在地。看來跑步不是好法子。

她咬了咬牙，站在原地慢慢地打起太極拳來。

二十四式太極拳，孫樂的前身是經常練習的。這運動慢悠悠的，打起來不費力，打完之後卻能讓人出一身大汗，很是適合她現在這副身體。

就這樣，她一直把二十四式翻來覆去地練了三遍。孫樂暗暗想道：我記得以前看雜書時，上面提到過在很疲憊的時候可以吐納，待會兒我就這樣做。

剛這樣想著，一個念頭便浮出她的腦海：既然這樣，那為什麼我不在打太極拳的時候配上那吐納之法呢？

這個念頭一浮出，孫樂的心便興奮起來。

當下，她收拳重新起勢，然後在伸臂時，長長地吐了一口氣。

太極拳配上吐納之法，這事想起來簡單，可做起來也不容易。很多時候她不是忘記了呼吸，就是忘記了動作。更有一些時候她在伸臂環抱時強行吐納後，胸口會出現堵悶感。

幸好不管是太極拳，還是這呼吸之法，性質都十分溫和，孫樂在反覆打了十來趟後，也漸漸地摸出門路來了。

當呼吸和拳路配上時，她整個人都有一種輕飄飄的感覺，輕鬆而自在。本來練了這麼久，早就應該疲憊不堪了，可她練到現在，身體不但不疲憊，反而越來越精神。

居然可以不用休息，體力也得到了恢復？

這一次，孫樂直堅持到子夜時分，肚子開始咕嚕嚕地叫得歡了才停下動作。在井中打了一點井水，胡亂沖了一個流水澡後，她便爬到床上睡著了。

第二天天還沒有亮，孫樂便起了床。她還惦記著那練太極拳時的美妙感覺呢，因此稍稍梳洗罷，她便在木房外面的土坪裡鍛鍊起來。

清晨天地間一片澄澈，孫樂每吸起一口氣，都感覺到空氣是如此的鮮美清新，在吸氣呼氣的循環中，她有一種自己正在把體內的濁物逐漸排出的錯覺。

一直練到太陽東昇，大家都起了床，孫樂才收回拳勢。這次她足足練滿了三個小時，與昨晚一樣，她的身體一點也沒有感覺到疲憊，只有肚餓難耐。

孫樂熟門熟路地來到山上。當她快到山藥叢中時，正好看到一個小孩孤零零的背影。是弱兒！

小男孩正蹲在山藥叢中，有一下沒一下地扯著藤蔓，那瘦弱的身影從背後看起來還真有幾分可憐。

孫樂不知不覺中放慢了腳步。

她悄悄地走到弱兒的身後，從側後方伸頭朝他瞅去。

弱兒噘著嘴，長長的睫毛撲閃著，那小鼻子皺成一團，小嘴右角上卻沾著一團泥。不對，不只是小嘴上沾了泥，他的臉上東一塊西一塊的也盡是泥土。那沾滿泥土的樣子配上他黑亮撲閃的大眼睛，倒頗有幾分可愛。

還是一個孩子呢！

孫樂心中一軟，她放慢腳步，一直走到弱兒的身後。就在突然間，她的小手一伸，緊緊地捂著了小男孩的眼睛。

就在小男孩嚇得一動不動，全身繃緊時，孫樂粗聲粗氣地問道：「猜一猜我是誰？」

她的聲音一傳出，小男孩明顯地鬆了一口氣，他吐出粗氣，伸手把孫樂的雙手一掰，稚氣的聲音中帶了兩分怒氣。「醜八怪，妳嚇到我了！」

他這一聲怒喝，倒有幾分威勢，把孫樂給駭了一跳。不知不覺中，她的雙手已經鬆開了。

弱兒唰地一聲回過頭來盯著孫樂，他的眼睛瞪得很大，小臉上怒氣騰騰。

孫樂先是一驚，接著卻差點笑出聲來。原來小傢伙鼻尖上滴著一點泥土，那泥土正隨著他瞪眼的動作要掉不掉地搖晃著。

弱兒見到孫樂居然還在笑，當下火氣更大了，他使勁地瞪著眼，努力讓自己的表情看起來更可怕。

可是這樣的表情配上那點泥土，哪裡還有半分威勢？

孫樂忍著笑，禁不住伸出手撫向他的小臉。弱兒腦袋一縮避了開來，孫樂的左手跟著伸出，兩隻手同時按上他的肩膀，把他定在當地。

弱兒緊張地瞪大眼，叫道：「妳要幹什麼？」

他的叫聲剛剛傳出，聲音便啞了火，孫樂的右手已摸上他的小臉。

伸出食指拭去他鼻尖上的泥土，孫樂手一側，用掌心摸向他的左臉頰，再把那靠近耳垂處的泥土小心地拭去。

孫樂的動作溫柔而細心，看向弱兒的表情中也淡淡的帶著笑，這樣的表情、這樣的動作，弱兒這一生又哪裡遇到過？一時之間，他直覺得眼前的醜丫頭突然變成了記憶中的母親，想像中的姊姊，竟然是如此地讓人心暖。

不知不覺中，弱兒已癡了。

孫樂小心地用手幫他擦著臉上的泥土，擦了一會兒後，她的手已經髒了，孫樂便把袖子扯出，再幫弱兒把剩下的泥土全部擦去。

不一會兒，孫樂鬆開手，端詳著弱兒的臉笑道：「好了，總算乾淨了。」剛說到這裡，她的肚子便咕嚕嚕地叫了起來。那叫聲讓孫樂的臉紅了紅，她衝著正朝自己翻著白眼的弱兒笑道：「我肚子餓了，你也餓了吧？我們來挖山藥吃。」

挖好山藥後，孫樂如昨天那樣，用兩塊石頭架在兩旁，把陶鍋放在中間，再用扶老留下來的火石把火打燃。

火焰騰騰地燃燒著，孫樂望著火苗發著呆。

弱兒坐在她的旁邊，悄悄地打量著她。看了好一會兒後，他忽然說道：「醜八怪，要是妳臉上的坑坑窪窪都沒有了，我就娶妳為妻！」

孫樂正在出神，聽到弱兒的話不由得大吃一驚。她轉過頭對上弱兒晶亮的大眼睛，他的表情是那麼認真，好像他剛才所說的話是想了很久後作出的決定，好像他一旦決定了便再不動搖一樣。

孫樂噗哧一聲笑了出來，她衝著弱兒皺了皺鼻子，做了一個鬼臉。「那，是做你的正妻呢還是小妾？」

弱兒對上她的鬼臉，小臉脹得通紅，他雙眼中怒火騰騰，很是為她的不莊重著惱。不過他的怒火還沒有發出，便聽到了孫樂這一句問話。

弱兒把頭一昂，朗聲說道：「當然是娶妳做正妻！做小妾的話，妳就算一直這麼醜我也能納的。」

說到這裡，他看到孫樂忍俊不禁的模樣，不由得眼睛睜得老大，盯著她很認真地說道：「其實我也不是嫌妳醜，只是妳如果做了我的正妻，那就會有很多人注意妳的長相，會整天在我的耳邊嘰嘰喳喳，所以妳一定要變好看點我才能娶妳做正妻。」

聽聽這話，好似他是一個了不起的大人物一樣。

孫樂轉過頭來，背對著弱兒吐了吐舌頭，齜牙咧嘴地笑了幾聲。這小傢伙那表情實在太莊重了，她都不敢當著他的面發笑。

她順了幾口氣，把笑意全部壓下後才轉過頭面對著弱兒。對上弱兒炯炯有神的大眼睛，孫樂忍不住又是嘴角一彎。

她伸出手，朝弱兒的頭上拍去，那手剛伸到一半，弱兒的大眼睛中便添了幾分惱怒，他怒氣沖沖地盯著她的手，那眼神彷彿在說——妳有本事就拍拍我的腦袋試試！

弱兒一莊重起來，還真有點威嚴。孫樂暗中一笑，那手拍上了他的肩膀。「那好，弱兒可要記住你說的話喔，姊姊會努力長得漂亮一點，到時臉上乾淨了就通知你來娶我。」

孫樂的聲音中藏著笑意，眼睛都彎成一線了。

弱兒不滿地輕哼了一聲，轉而嚴肅地點了點頭。「我會留意妳的，到時不用妳來通知。」

「哈！」

孫樂又忍不住了，噗哧笑出聲來。她剛一笑，弱兒的臉便是一拉。孫樂連忙轉過頭哇哇叫道：「哎喲，終於要熟了呢！好香啊！」

吃飽後，孫樂站起身來，她拍了拍圓滾滾的小肚子，說道：「弱兒，我要回去了。我走了喔！」

她一邊揮手，一邊沿著原路走回，弱兒望著她漸漸遠去的背影，忽然提著嗓子叫道：「妳明天還會來嗎？」

「會呢！」孫樂的笑聲遠遠地傳來。「我在那裡沒飯吃，當然會來呀！」

也許是吃飽喝足了，今天的孫樂覺得精神多了，一直走到圍牆邊上都只休息了一次。她來到昨天放好石頭的地方，伸手一攀，便小心地踩著縫隙騎上了圍牆。

「撲通」一聲，孫樂終於穩穩地落在了院子裡。

她剛走出兩步，一個女子的聲音便從左邊傳來──

「喲，快瞧瞧！才來了一天不到呢，就學會爬牆了！我說醜丫頭，妳好大的膽子啊！」女子的聲音很清脆，也很響亮，遠遠地傳了開去。

孫樂慢慢地回過頭，對上了奚女清秀的臉。

奚女大步走到她面前，圍著她轉了一圈後，嘖嘖說道：「喲、喲，好好的新衣給妳弄成這個樣子了？鞋子也破了？好妳個醜丫頭，真看不出妳人這麼醜，膽子卻不小啊！」

她一邊說，一邊伸手揪著孫樂的袖子朝院子中走去。「走，跟我去找各位姊姊評評理！」

孫樂望著她緊緊地揪著自己袖子的手，很想把它給甩下來，可是她不能這樣做。奚女明顯對她懷有敵意，她不能使得自己以後再也沒有安寧之日。

奚女重重地扯了幾下，卻沒有扯動孫樂，不由得轉過頭來怒道：「怎麼，妳敢不去？」她的話音一落，便看到孫樂的眼睛中淚花滾動。

第二章　稚子無邪苦樂共

孫樂抿著唇，淚水滾動著，一臉無助地瞅著奚女，期期艾艾地說道：「奚女姊姊，我不是故意的。」

奚女頭一揚，又準備喝罵她時，孫樂已低聲泣道：「奚女姊姊，妳長得這麼美，又這麼聰明，只要是男人就會喜歡妳。我很羨慕姊姊，我想像姊姊一樣吃得壯壯的，長得像花一樣，便偷偷地跑到外面挖些草根來吃。姊姊，妳別說出去好不好？」

在孫樂看來，自己並沒有讓人妒忌的地方，奚女之所以會盯著自己，一定是她暗戀著五公子，想在自己身上發洩。

天下的女人，又有哪一個不喜歡被人讚美的？何況她暗戀五公子已久，現在聽到孫樂說自己「只要是男人就會喜歡」，真是心花怒放。

她瞅著孫樂，這個剛才還讓她看了就噁心的醜八怪，一下子變得順眼多了。

鬆開揪著孫樂的手，奚女頭一昂，聲音放低了許多。「那，妳也是一個可憐人——」她的話剛說到這裡，外面突地一陣腳步聲傳來。

同時，七姬的聲音也傳來了——

「奚女，發生什麼事了？怎麼聽到這裡在吵鬧？」

七姬的聲音一傳來，孫樂不由苦笑起來。本來奚女都有了放她走的心思的，現在可好，鬧大了，看來這一關有點難過了。

奚女一怔，馬上提高聲音說道：「七姬姊姊，我抓到十八姬了！她好大的膽子，才來兩天不到就敢翻過圍牆到外面去呢！」

奚女一邊說，一邊轉過頭對著孫樂喝道：「十八姬，妳有話還是跟各位姊姊解釋吧！」說罷，揪著她的袖子便向前面拖。

孫樂輕輕地掙開奚女的手，低下頭說道：「不勞姊姊帶路，我自己走吧。」說罷，她幾個碎步便走到了奚女的前面。

兩女來到孫樂木屋前的院子裡。

院子中，七姬和三、四個清麗的少女正在那裡聊著天。看到她們出來，眾女同時住了嘴。

七姬轉頭向站在中間的一個二十來歲、圓臉豐潤白皙的、孫樂以前沒有見過的少婦說道——

「三姬姊姊，十八姬膽子可真是不小啊，才兩天不到她就敢偷溜出府！她這是還小，還不至於偷漢子。可要是長大了還這樣，那姬府的面子可就丟光了！妳說這事怎麼處理的好？」

好大一頂帽子啊！孫樂低下頭看著自己的足尖，暗暗心驚。

三姬看向孫樂，皺了皺眉頭，遲疑一會兒後說道：「這事確實有點嚴重，來人啊，去叫陳副管家過來一下。」

「喏。」奚女應聲就走。

孫樂知道陳副管家一來的話，事情就鬧大了。她連忙抬起頭來，淚眼汪汪地瞅著眾女，泣道：「幾位姊姊，我、我實在餓得不行了……我想弄點吃的，我只是出去挖了一些草根吃啊！」

眾女眉頭微皺。

三姬手一揮，叫道：「奚女且慢去。」叫住奚女後，她盯著孫樂說道：「一直沒有人給妳送吃的來？」

孫樂連連點頭，泣道：「我好餓。」

三姬和眾女相互看了一眼，最後三姬說道：「既然是這樣，那就不能怪妳了。奚女，妳去跟陳副管家說一聲，就說十八姬的那一份飯菜要按時送到。不過十八姬，這種事妳完全可以問我們的。」

孫樂低頭不答，而這時七姬則雙眼緊緊地盯著她。

「妳不但不問，還膽敢爬牆外出，這也不能輕饒。這樣吧，今天晚飯妳就別吃了，這整個西院妳也清掃一遍。要是還有下一次的話，我可要把妳交到祠堂去受家法了！」

孫樂連忙應道：「喏。」她身子矮了矮，以無比感動的聲音叫道：「謝謝三姊姊！謝謝各位姊姊！」

正在這時，一陣嬌媚的笑聲傳來，笑聲中，一個嬌嗔的女子聲音響起——

「五公子，姊妹們一直等著你來呢，你也到西院坐坐嘛！」

聲音嬌嗔，柔媚入骨，那語氣中含著無盡的期待。

隨著那女子的聲音傳來，站在孫樂面前的眾女齊刷刷地轉頭看向聲音傳來處，只是一眨眼間，眾女的臉色都變得嬌羞可人，雙眼也是明亮至極。

孫樂靜靜地望著喜形於色、緊張得手足無措的諸女，心中不由得一苦。

怪不得昨天他對上我的眼神時會這麼厭惡，因為有這麼多女人都期待他的到來，苦苦地愛戀著他啊！孫樂，妳一定要記住妳的本分，妳切不可成為她們中的一員！切切不可！就算妳真的放不下了，愛上了忘不掉了，妳也不能表現出來！就讓它埋在妳的心裡，隨時間流逝吧！總有一天它會化成煙灰的！

想著想著，她已低下頭。

眾女剛走了十幾步，她們的視野中便出現了一個頎長而清冷的身影。五公子與阿福還有另外一個男僕，正在三個女子的簇擁下向這邊走來。

五公子一出現，眾女便同時腳步加快，她們小碎步地來到五公子的前方不遠處，同時一福，嬌聲叫道：「五公子好。」

直到這時，孫樂才注意到眾女對他的稱呼，她不解地想道：怎麼叫得這麼生疏？不是應該叫郎君啥的嗎？

她低下頭，小碎步地走到七姬等人身後，和她們一樣微微蹲下，不過在眾女癡癡地望著五公子的時候，她是靜靜地望著地面上的泥土。

五公子停下腳步，看了眾女一眼後，轉頭向前方的小花園中走去。

他這一走，眾女同時跟上。

孫樂低著頭，亦步亦趨地跟在她們身後。

五公子一直走到花園中間才停下腳步，他轉頭打量著四周的景色，低聲嘆道：「荷葉凋零，草木知秋啊！」

五公子的聲音清冷而充滿磁性，動聽至極。眾女聽在耳中，一個個目眩神迷，有幾個甚至還紅了眼睛。

孫樂站在後面冷眼旁觀，她有點不明白，五公子只是隨便說了一句話，她們用得著這麼動情嗎？

自五公子這句話說出後，眾女都沈默了起來。

一陣沈默中，七姬突然上前一步。

看到她上前，三姬一驚，連忙伸手扯向她的衣袖。

七姬袖子一甩，把她的手給甩掉後，走到眾女中間，昂起頭看著五公子，紅著眼睛說道：「五公子，妾身到你這裡也有一年了吧？這一年來，我只跟公子說過不到二十句話！這從春到秋，從秋到冬的，妾身無時無刻不在盼著公子的到來。有時遠遠地聽到公子的聲音，妾身也是喜悅無邊。公子，你剛才都說什麼『荷葉凋零，草木知秋』，這又是一個秋天來到，公子你難道就不能憐惜我等姊妹？」

七姬這席話又清又脆，又頗是令人憐惜，那聲音中的渴望和愛意直逼人心。

五公子明顯被她怔住了，他側過頭看向花園中的小小荷塘，避開了七姬的眼神。

七姬咬著唇，她的嘴唇顫抖著，泫然欲泣，不只是她，眾女都直盯盯地渴望地望著五公子，等著他的答案。

又是一陣沈默。

孫樂低下頭，心中暗暗想道：是了，昨天她們就說過，好像只有我是五公子親點的，那其他人要嘛是別人送來的，要嘛是自己送上門的。現在聽七姬的語氣，他雖然立了這個西院，卻一直都沒有怎麼與眾女親近過呢！

她想到這裡，心中湧起一抹甜蜜。

這抹甜蜜來得極快、極突然，孫樂努力地把浮出心頭的喜悅給壓下，再次對自己說道：孫樂，妳長得這麼醜，以他的身分地位和相貌，怎麼可能會看中妳？他不要這些女人定是有別的原因在，這絕對不能成為妳歡喜的理由啊！

這樣一想，她的心情又漸漸平靜下來。

眼看冷場了，一個長相嬌豔的少女走到了五公子身後，她小心地挨近他的身子，抬頭仰望著他，嬌笑道：「五公子，這春去秋來的，年年都是這樣，你為什麼要嘆氣呢？難道你有什麼不開心的事？」

嬌豔少女的話打破了僵局，五公子嘴角微微一彎，眉頭微皺，卻沒有回應。

不過他只是嘴角這麼一彎，孫樂便感覺到眾女都鬆了一口氣。

這時，孫樂聽到七姬暗暗嘟囔了一句——

「不要臉的八姬，還真是一隻騷狐狸精！」她的聲音極低極細。

原來那嬌豔女子是八姬啊！

八姬見五公子揚了唇，更是笑逐顏開。她抿著唇嬌笑著。「妾身等雖然都是婦道人家，不過常言道，一人智短，眾人智長，五公子有什麼煩惱，我們也許能想出一個半個有用的法子來呢！」

她善於察言觀色，一見五公子的樣子便肯定他有什麼煩惱。

五公子吁出一口氣，終於開口了。「齊王后過世了，齊王有寵姬四人，平素裡相待都不分彼此。前幾日齊王問我父該立誰為后，我父實不知如何回答是好。他當時敷衍過去了，但再過三日便又是上朝之期，萬一齊王再次問起，他就不好再推拖了。這立后之事事關重大，萬一我父所說之人並不是齊王最愛，不能被立為后，將來新后繼位一定會對我父心有疑忌。我所憂慮之事便是如此，妳們可有好法子可想？」

五公子說出後，靜靜地瞅著諸女，明澈如秋水的眼眸中充滿期待。他居然對幾個弱女子充滿期待，看來這事實在是讓他焦頭爛額了。

眾女面面相覷，一個個擰眉苦思，卻久久都想不出一個法子來。

五公子看到她們這樣子，不由得長嘆一聲，說道：「我府這許多高人都想不出來，妳們想不出對策也是正常。」

眾女見不得他那副憂慮的模樣，一個個更是眉頭緊皺。

三姬抬起頭來溫柔地說道：「五公子，就不能從內侍那裡知道齊王最喜歡的是哪一個嗎？」

五公子搖了搖頭。「不能。」

這時，七姬也問道：「那，她們誰的父母家族最有勢力？」

五公子瞟了她一眼，淡淡說道：「都相差無幾。如果有一姬家族勢力雄厚，哪用得著我們這些旁人來操這份心？」

他說到這裡，見眾女又面面相覷，便淡淡說道：「好了，這事本不是妳們這些婦人該操心的，我得走了。」

說罷他長袖一揮，轉身往回走去。

看到他轉身，眾女都是依依不捨，不過她們都知道這個時候五公子心緒不寧，不是向他撒嬌求歡的時機。

孫樂見眾女都沒有注意到自己，於是慢慢地退下。

她來到自己的木屋裡，從地上撿起一塊容易留下印痕的灰石，用樹枝在上面寫了起來。這灰石有一巴掌大，但要刻上五、六十個字也不容易。孫樂刻好後，便把灰石攏在袖子裡，向西院門口走去。

當她趕出西院門外時，正好看到五公子轉入林蔭道中。她加緊幾步來到身後，輕聲叫道：「五公子！」孫樂緊走幾步來到他身邊，微微一福，低聲說道：「五公子，妾身有計。」說罷，從袖子裡把灰石呈上。

五公子接過灰石，驚訝地問道：「妳識字？」

「喏。」

他瞟向灰石上面的字跡，上面用石子清楚地刻著——何不請高手專製四副耳飾？其中一副細看可顯得精美些。把這四副耳飾送給王，到時注意哪一位寵姬耳上所佩是最為精美的耳飾，便提她為王后可也！

越看，他的眉頭擰得越緊，片刻後，他把灰石籠於袖中，點頭說道：「還不錯，這是目前我收到的最好的計策了。妳叫十八姬？」

「喏。」

「退下吧。」

「喏。」

孫樂輕輕地應了一聲，轉身退去。

她從頭到尾都低著頭，雙眼也沒有如昨日那般緊盯著五公子不放。

一直回到了自己的小木屋後，孫樂才放鬆緊握的拳頭，望著地面對自己說道：「孫樂，妳表現得很好，沒有在他面前失態。」

三姬顯然在西院中還有點威信，第二天九、十點時，陳副管家果然派一個男僕把飯菜給送來了。

吃完飯後，孫樂又打起太極拳來。練著練著，她會想到弱兒，想到山上，想到他是不是還站在那裡等著自己前去。哎，現在除非得已，她是不敢爬圍牆了。那天七姬她們的話可是一點也不輕啊！

這樣的日子，一直過去了十天。

這十天中，孫樂過得很平靜，一來她住的地方實在太偏，眾女除非特意，根本就不會路過這裡；二來她長得醜，在眾人眼中性格也懦弱不堪，讓人連欺負她都提不起勁來。

這一天，孫樂又早早地起來了，打了兩、三個小時的太極拳後，她已經汗如雨下。來到井水中提了一桶水，她轉身便準備回房中去。

可她剛轉過身去，身子便僵住了！

剛才在井水中，她匆匆瞟了自己一眼，那一眼，她好像看到自己臉上坑坑窪窪的顏色淡了些！孫樂把水桶朝地上一放，迅速地回轉頭來趴到井水旁。

她剛剛打了一桶水，井水還蕩漾著。

孫樂一邊等著井水平復，一邊緊緊地握著拳頭，她的心跳得飛快。

望著水中破碎的人影，孫樂苦笑著：我真是會胡思亂想，這相貌是天生的，哪能這麼容易就變好的？再說了，這從井水中看人根本就看不清楚細處，我許是記憶出了錯。

想是這樣想，她還是靜靜地等著井水的平復。

不久後，井水已經平靜如鏡。

這井水處於陰處，只有頭頂上淡淡的光透入裡面。從井水中看人，實際上已經很清楚了，至少比得上以前在大城市中隨處可以看到的玻璃櫥窗的清晰度。

井水中的小女孩，雙眼明亮了些許，臉上也有了一點紅潤。對了，那些坑坑窪窪的顏色好似真淡了些，深度也平復了一些。雖然還是這麼醜。

孫樂把頭向井中再伸進少許，她要記清楚自己現在的面目，過個十天八天的再照一次，那時就應該知道自己的臉是不是真的在變好了。

正在這個時候，一個女子的笑聲尖銳地傳來——

「喲，醜八怪在照自己呢！哈哈，這麼醜的臉有啥好照的？再照也還是讓人一看就噁心呢！」

這是七姬的聲音。

七姬的聲音一落，阿福便喝了一聲——

睛。

「七姬！」

他的聲音中有點不悅。

七姬立馬住了嘴，只是用雙眼又厭惡、又妒忌地盯著孫樂。

孫樂這時早就抬起頭來，她見阿福的身後跟了五、六個女子，不由得詫異地睜大了眼睛。

阿福徑直走到孫樂的面前，他的手中抱著一捆東西。

他把東西朝孫樂面前一放，笑道：「十八姬，這裡共有麻衣兩套、草鞋三雙，還有金子三兩，全部都是五公子賞給妳的。五公子要我跟妳說，妳的主意為姬府立了功，他很喜歡。」

在阿福說了這些話時，站在他身後的眾女都冷颼颼地盯著孫樂，那目光中的寒意直讓她打了好幾個寒顫。

孫樂彎腰接過後，慢慢地把那捆東西打開，把麻衣和草鞋放在一邊，拿出那三兩金子。

她站了起來，衝著阿福微微一福，行完禮後，她把那三兩金子當著眾女的面捧到阿福面前，低聲說道：「妾身只是碰巧而已。阿福大哥，這金子還請您收起吧，我在這裡有吃有住有穿的，根本就不需要用金，如阿福大哥這樣成天跟在五公子身後奔波的人才需要它呢！請務必收下。」

阿福呵呵一笑，說道：「這可是五公子賞給妳的喔！」他盯著孫樂，徐徐地說道：「而且，這可足有三兩！」

孫樂明白他的意思，三兩金可是一筆不小的財富，特別是在這個時代，很多貧民十年也賺不了這麼多！不過，她現在拿了只會燙手啊！

孫樂笑了笑，恭敬地說道：「雖然說是五公子賞給妾身的，可要是沒有阿福大哥的提點，妾身也想不出那麼好的主意來。因此這金子請大哥務必收下。」

她這話一說，阿福不由得把眉頭一挑。

他意味深長地盯了孫樂幾眼後，伸手接過那錠金子，點頭說道：「看在妳有誠意的分上，那我收下吧。」接過金子後，阿福衝著她笑了笑。「嗯，妳很不錯，雖然醜了點，人還是挺聰明的。」

說罷，阿福揚長而去。

孫樂一直等他離去了才蹲下身，抱著那麻衣和鞋子向木房中走去。眾女目送著孫樂離開，沈默許久才一一散開。

轉眼間，這樣的日子又過去了一個月。

這一個月裡，眾女雖然沒有來找過她麻煩，不過每一次經過的人，都會向她細細地瞧上半天。她們的眼神有一種壓抑的妒恨，這種眼神讓孫樂看了實在心慌。

因此，她雖然無數次想翻出圍牆跟弱兒說上一聲，可一直不敢。她感覺到眾女正緊緊地盯著自己，只要有一個不對，她們便會把自己陷於萬劫不復之地。

至於五公子，他自那次來過西院後，一直都沒有再出現過。西院中出出進進的也就是那麼些舊人。阿福倒是來過幾次，他在看到孫樂時，偶爾還會點點頭。正是阿福的這個態度，使得眾女一直對她保持沈默。

今天一大早，她又練了兩個小時的太極拳了，在稍微清洗過後，孫樂一步步向井水邊靠近。

她走得很慢、很慢，她的心臟在怦怦地亂跳著，那激烈的程度，似乎要跳出她的嗓子來。

過去一個月了，她想再看看自己的面容，想知道自己有沒有變好看一些？這一個月中，她每天都要搖幾桶水上來，可是她一直都沒有朝井水中看，哪怕一眼！

她怕看多了便沒有感覺了，她想等著一個月後的現在再認真地看一看。

現在時間到了，她的心在逼著她前進，可是她的腳在發軟。

深深地吸了一口氣，孫樂眼睛一閉，大步向井水旁跨去。

直至碰到了鋪井的石頭邊緣，她的腳步才停了下來，雙眼才慢慢地睜了開來。

孫樂慢慢蹲下，慢慢探出頭去看向水面。

水面上，一個小女孩也在向她看來。

這個女孩雙眼有了點光芒，臉色豐潤了些。

她臉上的坑坑窪窪確實是淡了些顏色，深度也平復了些。

她是真的比一個月前好看了！

孫樂慢慢地綻開了一個快樂的笑容。隨著她笑逐顏開，井水中的小女孩也咧嘴笑著。望著水中的倒影，孫樂伸出手揮了揮，輕叫道：「嗨，一切都會好轉的，對不對？我長大後不會走到哪裡都人見人厭，對不對？」

慢慢地直身起來，孫樂足尖一點，在原地旋轉了一個圈。她無聲地笑著，笑了好一會兒後，她朝井水中的自己做了一個鬼臉，然後跑到房間中又打起太極拳來。

孫樂感覺到自己的身體不再弱不禁風，也不再動不動就喘氣了。她現在雖然還是瘦，體質卻和那些普通的女孩子相差不遠了，這點完全是規律飲食和打太極拳的功勞。而面目會變得好看，也只能是這兩個原因。

想到這些，孫樂更是珍惜每一時、每一刻，她現在練習太極拳的時間，一天都有十個小時。

這天上午，孫樂吃過早飯後，又迫不及待地跑到房中練習太極拳。正當她練習得起勁的時候，陳副管家不耐煩的聲音從木房外傳來——

「十八姬，出來一下！」

奇怪，陳副管家找我做甚？孫樂心中一緊，連忙應聲跑出。

陳副管家走到孫樂面前。「十八姬，妳有一個遠親叫弱兒？」

孫樂迅速抬起頭來，陳副管家在看到她的臉時，很是厭煩地皺起了眉頭，看到他皺眉，孫樂連忙頭一低。「喏。」

她放在腿側的拳頭握得緊緊的，不安地想道：弱兒怎麼啦？

陳副管家顯然沒有心情跟她多廢口舌了，說道——

「是這樣，五公子發話了，說一個叫扶老的老人臨死前把這個弱兒託付給了妳，要妳多多照顧一下。五公子答應了，因此他叫我來傳話給妳。現在那弱兒就住在西院的後山上，妳平時可以去看看他。五公子是心善，因此答應了這事，不過妳自己要知道點分寸。好了，就這樣吧，妳可以從側門出去了。」說罷，他轉身就走。

孫樂心中大驚，她萬萬沒有想到扶老居然這麼快就死了，而且他居然還有能力找到五公子，把弱兒託付給自己！

難道扶老沒有發現自己這身體是一個小女孩嗎？還是一個連起碼的生存都成了問題的小女孩子！他怎麼會把弱兒託付給自己呢？

這個時候，她的眼前出現了弱兒那倔強的大眼睛，暗中嘆了一口氣。孫樂想道：也不知這個壞脾氣的小男孩現在怎麼樣了？扶老居然把他託付給我這樣一個外人，肯定是再也沒有別的可以託付的人了。哎，這孩子的命很苦呢！

她現在體質大好，這走起山路來都是連蹦帶跳，跑得飛快。不一會兒工夫，她就出現在後山那條熟悉的小路上了。
當她來到那處長了山藥藤的山坡處時，一幢小小的茅草屋赫然出現在山坡處！茅草屋極小、極矮，還有點搖搖晃晃的，讓孫樂一看就有點擔心。她望著那小小的茅草屋，不由得替弱兒心疼起來。
孫樂加快步伐，急急地衝上山坡。她衝得太急了，當跳上山坡時，便扶著雙膝喘息起來。
正在這時，一個男孩委屈中帶著憤怒的聲音從她的身後傳來——
「誰要妳來的?!」
正是弱兒的聲音。
孫樂連忙轉過頭去。
一個多月不見，小男孩的臉瘦了一圈，他的大眼睛中轉動著淚水，嘴唇卻咬得緊緊的，不讓它掉下來。
對上孫樂，弱兒扯著嗓子再次大叫道：「誰叫妳來的？給我滾！」
弱兒的喝罵聲才出口，孫樂便是一個箭步衝到他的面前。在弱兒驚詫的表情中，孫樂雙臂一伸，重重地把他抱入了懷中！
她這一抱，弱兒頓時「哇哇」地大哭起來。孫樂緊緊地摟著他，拍著他的背低聲溫柔地說道：「是我不對，是姊姊不對，是我失信了。那一天我剛回去就被人逮著了，那些女人說我爬了圍牆，還罰了我呢！她們說下次再發現我爬了牆，就會把我關到牢裡去。我害怕了，便不敢來了。是姊姊不對，害得弱兒久等了。」

在孫樂解釋的時候，弱兒的哭聲細了點，顯然在傾聽著。當她解釋完後，他的哭聲只剩下抽噎了。

抽泣中，弱兒說道：「妳又不來，我一直等，一直在等，後來爺爺在外面做事時淋了雨，回來後便躺在床上了。嗚嗚嗚……」

聽著弱兒的哭聲，孫樂眼中也是一酸。她緊緊地摟著弱兒，低低地說道：「苦了弱兒了，是姊姊不好。」

她這話一說出，弱兒又是「哇哇」大哭起來。孫樂緊緊地抱著他。

也不知過了多久，弱兒的抽噎聲慢慢平息了下來。又過了一會兒，他伏在孫樂的懷中睡著了。

孫樂低下頭，望著他黑黑的眼圈，心想：可憐的孩子，也不知幾個晚上沒有睡過覺。

她把他緊緊地摟在懷中，低低地說道：「弱兒，我們相依為命吧！」

孫樂見弱兒睡得很熟了，便把他小心地放在地面上，轉過身走進了茅草屋。

茅草屋很小，大小約十平方公尺。

茅草屋裡有一個土坑，坑上擺著一床草蓆，靠近門口的那一側則擺了鍋和碗筷，除此之外就什麼也沒有了。

孫樂輕吁了一口氣。還好，還可以弄吃的，也有床睡。

她走回弱兒的身邊，看著臉上猶自掛著淚痕，正睡夢沈沈的他，有心想把他弄回床上，可她的力氣實在太小了，根本就抱不動。

算了！還是想法子為他弄點吃的吧。

她抬頭望著這草木叢生的山脈，有點擔心地想道：也不知這山上有沒有野獸？弱兒住在這裡實在不安全吶！也不知這茅草屋是誰給他搭起的，難道那人做的時候就沒有想到這一點？

當弱兒從睡夢中清醒時，眼睛還沒有睜開，便聞到了一陣魚肉香。

他慢慢睜開眼，看著那個在不遠處忙來忙去的身影。

孫樂聽到後面傳來窸窸窣窣的響聲，知道弱兒已經醒來了。她頭也不回地說道：「醒來了啊？飯菜都給弄好了，飯就是山藥，菜就是魚湯，嘻嘻。我剛才在那邊看到了一些豆子呢，到了明年我們就可以有很多豆子吃了。」

她說到這裡，見身後一直沒有反應，不由得轉過頭來。

這一轉頭，她才發現弱兒正背轉側對著她，身子弓成了蝦狀，從後面可以看到，他那沾滿了泥土的小耳朵通紅通紅的。

啊哈，這小子剛才大哭了一場，現在知道害羞了！

孫樂心中大樂，不過她可不敢在這個時候去挑起弱兒的怒火。轉回頭，她忍著笑，撥弄著火苗，說道：「弱兒，這地方不好，剛才我網魚的時候看到了一雙綠幽幽的眼睛，也不知是有狼還是土狗，反正挺不安全的。待會兒吃完飯後，我們就把鍋碗什麼的都拿回你原來的住處去，這地方不能住人！」

孫樂說得斬釘截鐵的。

她的聲音一落，弱兒就在後面嘀咕道：「我喜歡住在這裡！」他的聲音也很堅決。

孫樂不由得有點頭痛起來，雖然與這小子打的交道不多，不過她已經很明白他了，這小子很固執己見的。

她嘆口氣，有點生氣地說道：「弱兒你可有聽過一句話——君子不立危牆之下？也就是說，作為一個大男人，明知危險的事是不能做的，那是拿自己的生命來開玩笑！命都沒有了，還談什麼以後？還談什麼建功立業呢？」

她這席話說出後，身後久久沒有人吭聲。也不知過了多久，弱兒低聲說道——

「那村子，有幾人說要砍了我，我不能回去。」

原來如此！孫樂皺起眉頭，暗暗盤算著。

這山上很不安全，看來只得去求求五公子了。她與五公子雖然沒有說過幾次話，可孫樂感覺得到，五公子是個心地善良的人。她現在實在沒有辦法，只能去找他相助了。

想到這裡，孫樂跟弱兒匆匆交代幾句後，便轉身向姬府走回。

這個時候正是晚餐時節，送飯的人把她的那一份放在門外就走了。孫樂把飯菜搬回堂房後，轉身便向西院門口走去。

孫樂走了一會兒，雙眼瞟到了一個人影。

一個清冷俊美，如明月般的人影。

五公子！

隔了一個多月再見到五公子，孫樂的腿有點發軟，她的心臟再次不聽使喚地怦怦亂跳起來。

孫樂低下頭，緊緊地咬著下唇，直咬得生疼了，她才清醒了少許。那充溢全身的、再次見到五公子的喜悅，終於被壓下了。

片刻後，孫樂再次抬頭時，已經是一臉平靜。

五公子正走在林蔭道上，他的步履從容閒適。孫樂腳步一提，向他緊走幾步。

就在這時，一個少女從樹林中的岔道中跳了出來，蹦到了五公子身邊。這少女粉雕玉琢的，正是第一天來時她曾經見過的雪姝。

雪姝抬起粉嫩嫩的小臉，大眼撲閃撲閃地望著五公子，嬌聲嬌氣地叫道：「五哥哥，你剛才說了摘花給我戴上的，怎麼又說話不算數了？」

五公子腳步一停，回頭看向雪姝。他這一回頭，一縷金光映射到了他臉上，那金光映得他清冷俊美的臉華麗無比，彷彿天上的神祇！看著看著，孫樂心中又是一苦，這是一種可望不可即的苦。

五公子輕聲說道：「妳自己戴也一樣啊。」

「當然不一樣！你是我五表哥啊！不行不行，雪姝就要你來摘花戴上！」雪姝撒著嬌，聲音清脆如銀鈴，表情可愛至極。

五公子嘴角微微一扯，露出一個淺淺的笑容後，轉身向那岔道上走去。

雪姝也跟著他轉身，就在她一回頭間，瞟到了腳步遲疑不決的孫樂。她望著孫樂，雙眼一亮，格格笑道：「五哥哥，那個醜丫頭來找你了喔！」

她的聲音一落，五公子便回過頭來看向孫樂。孫樂對上他的目光，心怦怦地跳了起來。我現在變得好看一點點了，他……會不會注意到？

五公子清冷的目光落在孫樂身上，在掃過她的臉時，他的目光中閃過一抹詫異。定定地打量了片刻後，他開口問道：「什麼事？」

他的聲音特別清冷，如金玉相擊，如泉水清響。

孫樂走到離他約有五公尺的地方停下來，微微一福，說道：「五公子，扶老所託付的那男孩現在一人住在後山上，那裡野狼時出，他一個小孩子會很危險，他原來住的村子裡也有人要對他不利。」孫樂抬起頭來，目光卻不看向五公子，而是望著他的領口處。「五公子，我那木屋還有空房間，能不能讓那孩子住進來？」

她說到這裡，不由有點緊張，放在腿邊的小手也握成了拳頭。
五公子的目光掃過她的手，沈吟著。
雪姝在一旁叫道：「五哥哥，這樣可不好喔！這個醜八怪好歹也算是你的婢妾，她把一個男孩帶進來一起住像個什麼話？別人會說的！」
孫樂一聽，心中不由得一涼，她再次福了福身，輕聲說道：「救人一命勝造七級浮屠，五公子，求您了！」
「救人一命勝造七級浮屠？」五公子目光一定，好奇地問道：「浮屠是什麼？」
孫樂臉一紅，半晌後才吶吶地謅道：「這是我聽一個老人說的，浮屠是陰間的橋。七級浮屠就是七座橋，他說人死後修七級浮屠可以投生到一個好人家。」
她解釋後，五公子很久都沒有說話。
就在孫樂望著地面，腳尖不安地在泥土上轉動時，五公子清冷而悅耳的聲音傳來──
「好吧，以後叫他注意點，不要什麼院子都去鑽。」
「啊？喏、喏！不會的，一定不會的！」孫樂很是驚喜，她連迭聲地應著。
五公子看了她一眼後，牽著雪姝的手隱入了岔道處。
孫樂等到五公子離開了，這才抬起頭來。她的嘴角浮起一抹笑容，整張醜臉都容光煥發著。「五公子其實挺好說話的。」她朝著五公子離開的方向癡癡地望上一眼，繼而向後山方向衝去。

「五哥哥。」雪姝皺了皺瓊鼻，不贊同地說道：「她可是你的女人呢，這樣做真的很不對的。」

五公子望著天邊的浮雲，白皙修長的手扶上一根竹子，淡淡地說道：「西院的女人都與我無關，她更是與我無關。我把她帶進來，只是為了給她一碗飯吃。」

雪姝在五公子說出「西院的女人都與我無關」時，眼波閃了閃，美麗的小臉上露出一抹歡喜來。

其實她也知道，西院的女人，一部分是別人送過來的姬妾，另一部分，則主要是五公子一時善心大發下收留的孤貧之女。可不管是誰，五公子一直潔身自好，都沒有與她們有過什麼關係，甚至她們要走，他也絕不阻攔。可聽到他親口說這話，她還是非常高興。

孫樂實在是太興奮了，興奮令得她疲憊盡去。她迅速地爬過圍牆，衝到了後山上。

她急急地來到山上，遠遠地看到抱膝坐在茅草屋前的弱兒，她便揚聲叫道：「弱兒！」她衝到弱兒面前，扶著雙膝一邊喘息一邊說道：「他……他答應了，弱兒，你可以不睡在山上了！」

孫樂等呼吸平靜了些後，見弱兒還坐在地上一動也不動，伸手把他一扯，笑道：「你怎麼不笑呢？以後我們可以住在一起呢！」

弱兒咧開嘴笑了笑。

孫樂才不管弱兒在想什麼呢，她來到他的茅草屋中，把兩個籃子拿好，把草蓆塞到弱兒手中後，率先向姬府走去。

她走得很快，一邊走一邊笑道：「天色不早了，你還這麼磨蹭幹麼呀？」

弱兒沒有回答。

孫樂回過頭來，見弱兒低著頭一聲不吭，以為他對寄人籬下心情不好，便停下腳步看著他，等他走到自己身邊時，孫樂笑咪咪地說道：「你要是喜歡，我們以後還可以時不時地溜到這山上來呢！」

這一次，孫樂並沒有打算帶著弱兒翻過圍牆入府，她要帶著他從第三間側門入內。弱兒以後會在自己那裡長住，得讓府中的那些人知道，她是得了五公子的命令才帶他入府的。

來到第三間側門時，孫樂轉頭對著弱兒笑道：「你知道嗎？我第一次來姬府，就是從這道門進去的。」

「是嫁給五公子那次嗎？」弱兒終於開口了。

孫樂沒有想到他這麼敏銳，回頭看了他一眼，笑道：「是啊！」想到五公子，她的聲音不由得一低。

弱兒打量著這小小的門坎，沈默了好一會兒後忽然說道：「妳不用傷心，以後我娶妳的時候，一定會很風光，會讓天下人都羨慕妳。」

孫樂忍俊不禁，她彎著雙眼說道：「呵，我的弱兒口氣很大呢！」

兩人說笑間，一前一後地跨過門檻走入了小花園中。

小花園中，依舊坐著四、五個少女，她們一邊編織著麻衣，一邊說笑著。這是她們每日裡做的活計，這一天也不例外。

這些少女在看到提著大包小包的孫樂和弱兒時，同時吃了一驚，她們瞪大眼睛，一眨也不眨地盯著兩人。

孫樂一看到她們，腦袋便低下去了。她腳步加快，急急地向西院走去，弱兒則緊跟在她的身後。

剛拐入小花園中的林蔭道上，迎面走來了三個少女，走在最前面的正是七姬，她的身邊是三姬和奚女。

三女迎面對上孫樂和弱兒，不由得雙眼睜得老大。

七姬看到孫樂低著頭走近，聲音一提叫道：「十八姬！」

孫樂腳步一頓，停了下來。

七姬盯著她，朝弱兒揚了揚下巴，問道：「他是誰？妳怎麼帶了一個男孩進來了？」

孫樂朝她和三姬同時福了福後，細聲細氣地說道：「稟三姊姊、七姊姊，他叫弱兒，是我的堂弟。我已經跟五公子說了弱兒要在我那裡住下的事，他答應了。」

七姬一怔，三姬也拿眼瞟向了弱兒。

七姬轉過頭看向三姬，冷笑道：「三姬姊姊，妳聽到沒有？十八姬居然把她自家的親戚都帶到府中來了，她還有臉去找五公子說呢！姬府養她一個廢物還嫌不夠，還要附送一個！」

七姬的聲音剛落，孫樂便低低地說道：「七姬姊姊，事情不是這樣的。我這弟弟沒有親人了，五公子心懷憐憫，生怕他被人欺凌了去，這才答應讓他進府的。」頓了頓，她又補充道：「其實，五公子讓我進府，也是賞我一口飯吃。」

孫樂這席話一口一個五公子，把他高高地捧起，把自己放得很低，這席話直是無懈可擊！七姬瞪著她，都不知道要說什麼話的好。

孫樂低著頭又是一福後，低聲說道：「兩位姊姊，那我們走了。」

三姬點頭道：「你們走吧。」

等他們走了幾步後，三姬回頭叫道：「十八，看好妳這弟弟，西院畢竟是女眷的居處，要是鬧出什麼事來，五公子也保不了你們！」

「謝三姬姊姊指點。」

兩人進了西院後，迎面又遇上了幾個少女，孫樂又是一通解釋，一直走到她的木屋子時，孫樂才大大地吐出一口氣。

孫樂提著籃子放到廚房中，從弱兒的手中拿起草床鋪在外面側間的土坑上，一邊忙活，她一邊笑吟吟地說道：「弱兒啊，姊姊住的這屋子是不是很大啊？嘻嘻，以後我們兩個住在這裡，會熱鬧一些呢！」

她回過頭來，衝著一直沈默不語的弱兒做了一個鬼臉後，指著木屋後面說道：「知道嗎？我每次就是從那裡的圍牆跳出去的，那裡離山上可近呢！」

弱兒這時才抬起頭來，他瞅著孫樂，忽然說道：「原來妳在這裡也被人欺負！」

孫樂一怔。她苦澀地笑道：「弱兒，人居於弱勢的時候，是要學會忍受的。」說到這裡，她回頭衝著弱兒嘻嘻一笑。「你這小子，這陣子真是長大了。第一次見到你時，你還踢了我呢！」

弱兒低下頭沒有吭聲。

孫樂看了他一眼，溫柔地說道：「肚子可是餓了？堂房有飯菜，你去吃吧。」

「那妳呢？」

孫樂笑道：「你留一半給我啊！」說到這裡，她想起一事，不由得自言自語道：「你的那一份飯菜，也不知陳副管家會不會派人送來？哎，不想了，要是他們不給送的話，我們就再去挖山藥吃。剛才回來的路上我可看到了好多野蘑菇，正好摘回來弄湯喝呢！」

這裡每一次送來的飯菜都還不少，再自己湊一點，完全可以夠兩個人吃的了，孫樂想了想便不再在意。

她把一切弄妥後，雙手拍了拍，轉頭對上灰頭土臉的弱兒。「最裡面有一間房子可以洗澡，我到井中打一點水來，你好好洗一下。喲，我的臥房裡面還有兩套新的麻衣，你應該也穿得下，先拿一套穿著吧。你也累了一天，快點吃完飯、洗好澡就去睡覺喔！」

弱兒是真的累了，他吃飯、洗澡後便沈沈睡去了。

到了第二天，出乎孫樂意料的是，早飯的分量明顯增加了，第一頓她還以為是意外，可晚飯也是這樣的時候，她不由得高興地想道：許是五公子放了話吧！

如此過了十天後，弱兒漸漸恢復了精神，這一天他學著孫樂起了個大早，跟著她裝模作樣地打了兩趟太極拳後，側頭看著她問道：「這拳有什麼用？軟綿綿的。」

孫樂笑道：「它和別的拳一樣，可以鍛鍊身體啊！你還記得嗎？我們初次見面時我多瘦啊，而且走上幾十步便要休息好一會兒。現在好了，我可以從這裡跑到山上，又從山上跑到這裡都不累呢！」

弱兒若有所思地點了點頭，收拳退到一旁坐了下來。

孫樂睜眼看著他問道：「你不練習嗎？」

弱兒癟了癟嘴。「鍛鍊身體的法子多得是。」

孫樂一噎，過了半晌她又說道：「可這個不一樣。要不，我來教你吧，它配上那種吐納之法效果很好呢！」

弱兒搖了搖頭，不等她把話說完就跑進了屋子中。

孫樂見他一點也不感興趣，便也不再相勸。

弱兒來了之後，熱鬧是熱鬧不少了，可也有不好的地方，譬如她再也不能光著身子打太極拳了，還有每次大汗之後都要清洗，不然弱兒會說她臭。這樣導致的後果就是——她不停地洗澡、不斷地洗衣服，然後不斷的沒有乾衣服穿！

現在正是中秋時節，花園中荷葉凋盡，枯葉也紛紛落下。而天氣總是陰涼的時候居多，一股屬於秋天的蕭索撲面而來。

孫樂慢步向西院門口走去，她記得側花園裡有幾株菊花要開了，也不知道這幾天過去了，它有沒有開放？這陣子一直待在木屋中沒有出去過，她實在有點悶了。

西院是女眷居住的地方，它的附近共有兩個花園，除了第三側門進來的那個小花園外，還有一個就是這個側花園。這裡位置有點偏，一般西院的女人們來得少。

孫樂一邊向側花園走去，一邊低著頭尋思著那菊花的事，不由得有點出神，直到她進入側花園內，聽到前面傳來一陣喧囂聲，這才清醒過來。

就在她抬頭順聲看去的時候，一個女子的笑聲傳來——

「咦？那不是十八姬嗎？五公子上次的難題可是她給解開的，她可聰明著呢！」

這女子的笑聲嬌媚，是那個八姬的聲音。

八姬的聲音一落，雪姝那甜美的聲音也傳來了——

「上次的難題？上次什麼難題啊？」

孫樂怯怯地抬起頭來，這一抬頭，她便對上了好幾雙緊盯著她的目光，不由得暗暗叫苦：好端端的我來看什麼菊花啊？居然遇到了雪姝小姐！

在雪姝小姐的旁邊，坐著十來個少女，這些少女都是西院的姑娘。此時她們正轉過頭，一臉嘲弄不屑地盯著孫樂。

西院的眾女子，都是不被五公子重視，聚在西院坐吃等死的可憐人。這些女子就算對孫樂有不喜之處，可她們無權無勢也不敢把她怎麼樣。可雪姝小姐就不同了，她可是姬府的貴人啊，平素裡孫樂看到她總是躲得遠遠的，沒有想到這一次會碰個正著。

這個時候躲也沒用了，於是孫樂連忙低下頭去，加快腳步走到雪姝身前，微微一福後，低聲說道：「雪姝小姐好，各位姊姊好。」

孫樂打完招呼後，慢慢向一旁退去，一直退到眾女身後才站定。

七姬看著她低眉斂目的模樣，不由得冷笑道：「十八姬，妳用不著站那麼後面，雪姝小姐聽到妳很有才智，正好奇著呢！」

孫樂低著頭沒有說話。

雪姝歪著頭盯著孫樂，盯了一眼她便移開目光，皺起眉頭不屑地說道：「十八姬可是我見過最醜的女子了，這麼醜的人真的會有才智嗎？」

雪姝不敢置信的話一說出，一陣輕笑聲便從眾女口中傳出。

孫樂依舊低著頭一言不發。

雪姝沈吟了一會兒後，抬頭對上孫樂叫道：「妳還能幫五哥哥解決難題？這實在太讓人吃驚了。這樣吧十八姬，我來出個問題考考妳吧！」

雪姝說到這裡，見孫樂站在那裡頭也不抬，人也不動，不由得微怒道：「妳站這麼遠我可不好說，快點到我面前來！」說到這兒時，她掃了一眼站在前面，正得意洋洋、一臉譏笑地盯著孫樂的七姬，皺眉道：「妳叫七姬吧？退後一點，把位置讓給十八姬！」

七姬突然聽到雪姝這麼一喝，俏臉瞬間脹得通紅。

孫樂一聽到雪姝的喝聲，心中便忙不迭地叫苦。這下慘了，七姬一定會遷怒於自己的！

雪姝喝聲既出，她只得挨挨蹭蹭地向七姬的位置走去。

雪姝看到她慢騰騰的樣子，心中有點不耐煩，皺著秀氣的眉頭說道：「妳沒吃飯嗎？走起路來這麼慢？快一點吶！」她的聲音又嬌又脆，雖然是在喝叫，聽起來卻很動聽。

孫樂這下沒有法子了，她只得低著頭碎步走去。

第三章　生存萬難智慧現

七姬在眾女的竊笑中脹紅著臉，正如孫樂所預料到的，在雪姝的呼喝下，她不敢對著雪姝發怒，便轉過頭以一雙吃人的目光死死地盯著孫樂，那眼眸中怒火騰騰，直是恨不得把她砍上兩刀般！

孫樂雖然低著頭，卻清楚地感覺到七姬的怒意。

她嘴唇一抿，冷冷地一笑，暗中想道：以前我讓著妳，那是因為我太過弱勢，不得不委曲求全。現在妳一定要欺侮於我的話，我還是可以借勢的！

她想到這裡，便緩慢而堅定地走到了七姬的身邊。

七姬冒火地看著孫樂靠近自己，腳步是一寸也不讓。

雪姝這下生氣了，她瞪著七姬喝道：「喂，叫妳讓開呢，妳賴在那裡幹麼呀？真是的！」

七姬恨恨地朝孫樂瞪了幾眼，這才頭一扭地退了下去。她本來是想跑開的，可是想到雪姝正盯著自己，眾女也都在旁邊笑著，自己要真的敢當著雪姝的面耍性子，只怕前腳才走，後腳雪姝就去五公子面前告狀了。

孫樂彷彿沒有感覺到七姬的怒火，低著頭一臉平靜地站上了她的位置。

看到她站好，雪姝滿意地點了點頭，她歪著頭想了想，半天才嘟囔道：「我可問什麼好呢？」

三姬看到雪姝苦惱的樣子，不由得溫和地笑道：「雪姝小姐何必為難？隨便挑一件小事問問就可以了。」

三姬在眾人面前的表現一直是溫和得體的，雪姝雖然對她們都不怎麼看在眼裡，但聽到她這溫和的聲音也心情大好。

她笑了笑，想了一會兒後突然衝著孫樂說道：「咦？妳說我問妳啥事好呢？」雪姝說這話時的樣子可愛透了，她微側著頭，大眼睛撲閃著，一副古靈精怪的模樣。

孫樂抿著嘴一笑，她輕聲回道：「我曾經聽村裡的老人說過，一個人不可能什麼都沒有。」在她一臉的不解中，孫樂抬起頭來，徐徐地說道：「如我，身為一個女子，卻長得這麼難看，這是天要罰我，然後上天可能覺得這樣罰我還輕了吧，便又讓我很窮。可是當祂弄得我一無所有的時候，卻又覺得我很可憐，心下一軟，便賜了我一點小聰明。」

孫樂說到這裡，雪姝不由得格格一笑。

她撲閃著大眼睛，笑逐顏開地說道：「妳這醜八怪還挺會說話呢，說得可真是好玩！」

雪姝說到這裡，從石椅上蹦了下來，圍著孫樂轉了一圈後，跳到她面前時再問道：「那依妳來說，上天對我如何？」

這個時候的雪姝，一點兒也不記得孫樂已岔開了話題。

孫樂靜靜地看著雪姝，低聲吟道：「以雪為膚，以花為貌，手若柔荑，巧笑嫣然。光是小姐這長相，便已羡煞了天下女子，何況小姐又有著不凡的身世和憐妳愛妳的人，小姐是得天獨厚啊！」

雪姝雙眼晶亮無比，霞飛雙頰，她已被孫樂這一席話說得歡喜至極。她看著孫樂，掩著嘴笑得眉眼彎彎。「妳很有趣，很有趣呢！對了，那得天獨厚形容得很好呢，是妳自己想出來的嗎？」

孫樂應道：「雪姝小姐聰明。」

雪姝格格一笑，揮了揮小手，縱身又跳上石椅，歪著頭打量著孫樂，嘆道：「可惜妳長得實在太醜了，醜得讓我一看就不舒服，不然我一定要把妳弄到我身邊去。嘻嘻，聽妳說話我的心情特別好。」

雪姝說到這裡，七姬的臉都青了。她恨恨地瞪著孫樂的背影，有點頭痛地想道：這個醜八怪還真是運氣太好了！她居然討好了雪姝小姐，以後要對付她更難了。

孫樂聽到雪姝的嘆息，抿唇一笑。她要討好雪姝，有的是法子。可是她一直覺得現在的日子挺好的，可以填飽肚子，也有大把的時候練習太極拳。很多事過猶不及，她可不想真的被雪姝小姐弄到她身邊去。

雪姝見孫樂又低頭不語，大眼睛眨了眨，頗為期待地說道：「喂，醜丫頭，妳跟我說說妳想要什麼東西？妳說的話很中聽，我要打賞妳。」

孫樂聞言連忙躬身說道：「多謝雪姝小姐。」她頓了頓。「我想要兩套麻衣、四雙草鞋。」

雪姝很不樂意地噘起了唇，下巴一揚，語氣不快地說道：「妳是不是以為本小姐很小氣？居然只要這麼一點東西？」

孫樂連忙笑道：「雪姝小姐錯了，這可不是小東西。我聽村裡的老人說過，一個醜女如果常穿大美人賞給她的衣服、鞋子，自己也會慢慢變得好看一點的。所以我要的這兩樣東西，是無價之寶。」

孫樂這一席話，再次令得雪姝格格嬌笑不休。她笑得眉眼彎彎，雙眼放光。朝著孫樂左瞧右瞧了一會兒後，她實在是很想把這個會說話的醜八怪弄到自己屋裡侍候，可是一看到孫樂那臉，她又覺得沒勁了。

雪姝嬌笑道：「好啊好啊，既然這樣，我就把這兩樣無價之寶多賞妳一些！」

她說到這裡，聲音一提。「來人啊，給十八姬送去五套……不對，十套麻衣、二十雙草鞋！」她縱身跳下，伸著玉白的小手在孫樂的肩膀上拍了拍，得意地嬌笑道：「本小姐夠大方吧？嘻嘻！」

正在這時，一個侍女的聲音從花園口傳來——

「小姐妳在這裡啊？家裡來人了，正在找妳呢！」

雪姝高聲應道：「知道了，我就來！」

說罷，她蹦蹦跳跳便離開了。

在雪姝離開花園的時候，七姬等女緊緊地盯著孫樂，那一雙雙灼熱的目光刺得她背脊發疼。孫樂低下頭，腳步一提，居然就跟在雪姝的身後向外走去。

按照規矩，孫樂得在雪姝離開後再走的，可是她一想到那些刺眼的目光，便不想傻傻地待在原地，等雪姝一離開便承受各種冷言冷語和攻擊。

雪姝蹦蹦跳跳地來到花園外，她回頭一看，見孫樂緊跟在後面也出了花園，不由得笑了起來。

叫出雪姝的侍女是和她從小長到大的，約莫十四、五歲，生著一雙圓溜溜的眼睛，模樣有兩分俏麗。她看到主子對上那醜八怪笑得這麼歡，不由得好奇地問道：「小姐妳怎麼看著那個醜八怪也笑得出來呀？」

雪姝嘻嘻一笑。「嘻嘻，綠兒妳不知道，那醜八怪可會說話呢，說得我好開心呢！」

兩女的說話聲傳到了孫樂的耳中，她不由得露出一個笑容來。

孫樂從岔道轉入了西院，來到了木屋前。

弱兒聽到她的腳步聲傳來，便從木屋中跑了出來，說道：「姊姊，剛才有人送了一大堆的麻衣和鞋子來了，難道姬府出了什麼大喜事嗎？」

孫樂搖了搖頭，她跟著弱兒回到房中，果然，堂房裡堆了一堆的麻衣和鞋子，麻衣十套、草鞋二十雙可真不是一個小數目，堆在房中足占了一半的空間。

她蹲下身來，把麻衣和草鞋一一收起，一邊收拾，孫樂一邊說道：「這些都是雪姝小姐賞的。弱兒，我這次可把七姬重重得罪了，我們以後可得小心點，不能被她抓住了什麼把柄。」

她交代幾句後，見弱兒沒有回答，便轉頭看向他。

孫樂見弱兒站在那裡低頭沈思，不由得問道：「弱兒，你聽到我的話沒有？」

弱兒抬起頭看向她，點了點頭，一臉認真地說道：「我聽到了。姊姊不是說過嗎？人在弱勢的時候就要善於忍，還要善於借勢，我知道怎麼做啊！」

孫樂抿唇一笑，伸手摸了摸他的頭。「我的弱兒最聰明了。」

奚女看著出現在視野中的小木屋，恨恨地說道：「七姬姊姊，我們得想個什麼法子來報復一下這個醜八怪。」

七姬俏臉鐵青著，她恨恨地瞪著孫樂的木屋，咬牙切齒地說道：「是要想個法子。哼，五公子不理我，雪姝輕視我，她一個醜八怪也敢看不起我。我一定要教訓教訓她，讓她知道我的厲害！」

說到這裡，她皺起了眉頭。「可是這個醜八怪和那男孩一直待在屋子裡寸步不出，要找他們的岔子還真是有點為難呢！」

奚女嘿嘿一笑，說道：「七姬姊姊，找不到她的岔子，我們難道就不能造一個嗎？」

轉眼時間又過了幾天。

這一天傍晚，孫樂和弱兒正在後院爬樹。

經過三個月的調養，孫樂的身子骨已恢復了她這個年齡應該有的靈活和輕便。她雙手攀在樹皮上，爬了幾步，才咻地一聲掉到了地上。

孫樂伸手在麻衣上拭去汗水，又把手放在樹幹上。見旁邊的弱兒還是沒有動靜，孫樂挑眉嘻嘻笑道：「怎麼不爬？是不是不會呀？」

弱兒瞪了她一眼，下巴一抬，頗有氣勢地說道：「誰說我不會？哼！」說罷，他緊張地盯著樹幹，細瘦的手朝樹皮上一攀，腳尖在地上連踮了幾下，卻連一步也沒有攀上。

而這個時候，孫樂已咻咻咻咻地爬了四下，這時她的腳前出現了一根枝杈，孫樂左腳朝枝杈上一搭，身子又向上衝出一公尺，轉眼間便攀到了樹的兩根主幹處。

她低下頭，笑咪咪地看著弱兒。「嘻嘻，弱兒乖，叫一聲『好姊姊』，我就告訴你怎麼爬樹。」

弱兒脹紅著臉，瞪了她一眼。「才不！不就是爬樹嗎？我一看就會！」

孫樂格格一笑，衝著弱兒做了一個大大的鬼臉。

弱兒見她瞧不起自己，雙眼如鬥牛一樣死盯著樹幹，雙手緊緊地掛在上面，腳尖蹭在樹根上，向上不斷地用力。

看到弱兒那連吃奶的力氣也用上的模樣，孫樂嘿嘿一笑，坐在樹幹上搖晃著雙腳，一副好不得意的樣子。

正在這時，一陣尖厲的聲音從她的木屋前傳來——

「好好的，東西怎麼會突然不見了？羅妹，過來跟我搭一把手，我就不信搜不出來！」

那是奚女的聲音！她的聲音高厲而尖峭，遠遠地傳了過來。

緊接著，孫樂便聽到自己的木屋處傳來一陣敲門的聲音，以及破門而入的腳步聲，在那些聲音中，奚女高聲喝道——

「醜八怪！醜丫頭！十八姫，妳給我滾出來！是不是妳偷了我家小姐的玉鐲子？」

奚女的聲音十分響亮，打破了平靜的天空，引得眾人頻頻注目。

孫樂臉一沈，咻咻兩下滑到了樹下面。

弱兒見她臉色不對，連忙上前拉住了她的手。

孫樂手一暖，低頭見是弱兒，抿緊唇低聲說道：「弱兒，有人要害姊姊了。你待在這裡，待會兒看到形勢不對，就爬到牆外面躲起來。」

弱兒搖了搖頭，看著她認真地說道：「我是男子漢，怎麼能避開災難躲藏起來？姊姊，如果出了什麼事，我一定要幫妳洗清它！」

孫樂心中一暖，她溫柔地看著弱兒，想道：就算天下人都鄙我、輕我、踩我、無視我，至少弱兒還是依賴我、信任我、幫助我的。

她銜著弱兒笑了笑。「姊姊也只是說說，弱兒，任何陰謀都有破綻的，待會兒我們好好看一看她們的算計是不是有漏洞？誰要是先發現了那個漏洞，誰就一天不用洗碗，好不好？」

弱兒雙眼一亮，一臉的躍躍欲試，剛才還掛在臉上的擔憂在不知不覺中已盡數退去。

「好！」

孫樂一笑，牽著他的手向前面走去。

當她來到自己的木屋旁時，木屋的地坪裡已擠了七、八個少女，而且不遠處還有人在靠近。

這些少女們正在竊竊私語，她們看到孫樂和弱兒走近，不由得同時向他們看來，有的臉上帶笑，有的帶著一抹嘲諷，也有的一臉漠然。

就在孫樂出現在木屋臺階上時，木屋中發出一聲驚叫——

「找到了！奚女姊姊，找到了！」叫聲中，一個十三、四歲的小女孩抱著一捆麻衣跑了出來。

那麻衣紮得結結實實的，小女孩把它朝地上一扔，在啪地一聲激起一些煙塵後，她朝地上一蹲，把綁著麻衣的繩結給解開，左翻右翻，然後從最中間的一件麻衣的袖口中掏出了一個精美的玉鐲。

奚女從木屋中大步走出，她伸手接過那玉鐲，抬頭瞪著孫樂，冷冷地喝道：「十八姬，這是怎麼回事？」

孫樂沒有回答。

一個嬌滴滴的聲音從孫樂的身後傳來。「奚女，說這些沒有用的，得叫人去找陳副管家。」

七姬在兩個少女的圍擁下向這邊走來，她沈著臉，一邊盯著孫樂，一邊說道：「陳副管家就來了！十八姬啊十八姬，妳還真是膽子越來越大了，居然連我的東西也敢偷！妳以為姬府就沒有規矩嗎？」

孫樂一臉平靜地望著前方。弱兒站在她的身後。

就在這一會兒工夫裡，地坪裡已站了二十來個少女。孫樂直到今天才看到這麼多姬妾。她不由得想道：五公子的十八個姬妾應該都到齊了吧？可惜了，沒有人向我來一一介紹，哎，要是每一個人都在胸前把名字、地位寫上就好了。

她到了這個時候，還有閒暇在胡思亂想。

眾女聚在一起，嘰嘰喳喳地說個不停。一雙雙眼睛盯在孫樂身上，一聲聲低語不斷地傳入她的耳中——

「長得這麼醜還手腳不乾淨，真是沒得救了！」

「這一下，多半要被陳副管家趕出府中了。」

「以前也有過這樣的事，那個女的好像是被賣了。」

「嘻嘻，十八姬長得這麼醜，誰會要她呀？我看最多就是被趕出府去讓她自生自滅吧！」

「這醜八怪很不要臉，自己跑到這裡來混飯吃還不算，還附帶了一個小男人。」

聽到這些不小的私語聲，孫樂慢慢低下頭來。她眼睛一瞟，便看到站在自己身後的弱兒小臉脹得通紅，雙眼中露出一抹陰狠的恨意，那抹恨意使得他的臉都有點扭曲了。

孫樂嚇了一跳，連忙伸出手緊緊地握上弱兒的手。一碰到他的手，孫樂便發現他的掌心冰冷，而且還有點輕微的顫抖，顯然它的主人正激動非常。

孫樂連忙緊緊地握住他的手，在對上弱兒的目光時，孫樂嘴唇輕啟，說出一個無聲的「忍」字。就在昨天，她還教了弱兒這個忍字的含義。

弱兒低下了頭，慢慢地、慢慢地恢復了平靜。

一陣腳步聲傳來。

這腳步聲有點雜亂，顯然來的人不止一個。

孫樂和眾女抬頭一看，只見西院的門口走來了五個人，走在最前面的是陳副管家，在他的身後則有阿福、雪妹，走在最後的是一胖一瘦兩個壯年漢子。

陳副管家是個二十來歲的瘦長漢子，一張臉蠟黃的，小小的眼睛透著幾分精明和猥瑣。

眾女一看到那兩個壯漢，私語聲突然一止。

而站在孫樂旁邊五公尺處的七姬則得意地向她瞟來。

「咦？連家法堂都派人來了呢！醜八怪，這一次妳死定了！」她剛說到這裡，站在她身後的奚女便扯了扯她的袖子，七姬一怔，便又加上一句。「居然敢偷我的家傳寶貝！」

孫樂依然很平靜。

眾女一直在打量著她，在見到她那平靜無波的表情時，她們都有點失望。

陳副管家來到了眾女的中間，他冷冷地掃向孫樂，喝道：「好妳個膽大包天的十八姬！居然都敢偷起東西來了！來人，把她帶到家法堂去！」

陳副管家的聲音一落，那兩個壯漢便越眾而出，大步向孫樂走來。

看到兩個壯漢氣勢洶洶地走來，孫樂清聲叫道：「且慢！」

兩人腳步一頓。

陳副管家也皺著眉頭瞪著她，一臉嫌惡。「妳想說什麼？」

孫樂靜靜地望著陳副管家，清聲問道：「陳副管家，難道在姬府中出了事，都不問一下原由，聽一下雙方說法的嗎？」

陳副管家一怔。

這時阿福和雪姝也來到了人群中，雪姝雙眼亮晶晶地看著這一幕，一副看好戲的神情。

而阿福則望著孫樂，淡淡地說道：「老陳，聽聽她說什麼吧。」

陳副管家連忙應道：「好的好的！」他轉身看向孫樂，在對上她的臉時，他的目光實是厭惡至極，連忙轉開視線，不耐煩地說道：「有什麼話就說吧！」

孫樂移回視線看向眾女，清聲說道：「我想問一問各位姊姊，剛才七姬的侍女奚女和羅妹可有到妳們的木屋中搜查？」

她這話一說出，眾女同時臉上變色。

八姬嬌喝道：「十八姬，妳這是什麼話?!妳以為我們也是妳那樣沒有見過錢的賤民啊？」

孫樂堅持地看著眾女，問道：「也就是說，並沒有人來搜過妳們了？」

眾女不應聲。

陳副管家皺眉喝道：「她們當然不用搜了！妳就這個問題嗎？」

孫樂轉頭看向三姬，問道：「三姬姊姊，剛才妳們一直在場，是不是看到羅妹從我房中拿出這一捆麻衣後，便當著妳們的面把這麻衣解開，拿出玉鐲？」

三姬點了點頭，說道：「是這樣的。」

孫樂笑了笑，她轉頭看向七姬，一字一句地說道：「那我就不明白了。為什麼七姬姊姊那麼肯定她的玉鐲是我拿了？不但只搜我一個人的房間，而且羅妹還直接把這捆麻衣拿到大家面前解開，從裡面拿出玉鐲來？」

她說到這裡時，眾人已明白了大半，一個個面面相覷。

而七姬更是臉色一白，她嘴唇一張就要說話。

孫樂搶在她的前面開口了。「難道說，七姬姊姊料事如神，知道我會偷了她的玉鐲，而且就放在這麻衣中？」她重重地咬著「偷」字後，又清聲說道：「還是說，七姬姊姊看到了我偷了她的玉鐲，一直忍著沒有吭聲，直到看見我藏在什麼地方了才來找它？」

孫樂說到這裡，聲音突然一提，清清朗朗地喝道：「這件事情，只有一個真相！那就是，這玉鐲是七姬或她的侍女趁我不注意時放到我的屋子裡來的。因此她想也不想要搜別的姊姊的房間，還直接從麻衣中就把玉鐲掏出來。」

孫樂的問話，一句接上一句，咄咄逼人而來，直讓七姬等人無話可說。

她都說到這個分上了，一旁的眾女就算是傻子，也明白了事情的由來。她們一個個看向七姬，臉上的表情多是幸災樂禍，也有的是一臉同情。

孫樂說到這裡，自己也有點好笑：這七姬可真是個傻妞，居然弄出這麼幼稚的把戲來害人。

她卻不想想，這時民智初開，這些女人要玩心眼怎麼玩得過經受了幾千年陰謀論的自己？

在一片鴉雀無聲中，雪姝雙手一合，格格笑道：「好玩，果然好玩！我說醜丫頭，妳可真是聰明呢！這麼一下就看穿了。」

孫樂衝著雪姝微微一福。

陳副管家這時已經臉色鐵青，他恨恨地瞪著七姬，雙眼中都要冒出火來。

生氣歸生氣，他也記得自己的身後還有阿福和雪姝小姐在。當下他轉過身，一臉羞愧地說道：「雪姝小姐、福大哥，都是我糊塗，聽信了七姬的一面之辭，差點冤枉了好人。」

阿福朝著孫樂打量了兩眼，衝著她露出一個笑容後，對著陳副管家說道：「你以後還是小心點吧，這要是真冤枉了人，你也不好收場。行了，這裡的事你處理吧，我得走了。」說罷，他轉身就走。

阿福這樣乾脆離去的態度，那是在給孫樂一個信號──他就是為了保她而來的，見她沒事了自然也就退下了。

雪姝看到阿福離開，衝著孫樂叫道：「醜八怪，妳很好玩呢！以後有這樣好玩的事可要記得叫我喔！」說罷，也蹦蹦跳跳地離開了。

陳副管家見他們兩人離開了，不由得吁了一口氣。他回過頭對著兩個家法堂的壯年漢子笑道：「兩位，這裡沒有什麼事了。」

兩個漢子點了點頭，轉身大步離開。

弱兒看到這裡，咬牙切齒地在孫樂的身後嘟囔道：「原來這家法只是針對姊姊來用的，這個臭女人陷害別人就用不上家法了。」

孫樂低頭不語，她只是緊緊地握著弱兒的手。

陳副管家轉頭對上眾女的眼神，揮了揮手，說道：「都散了吧，散了吧，沒事了。」見眾女並沒有應聲散去，有的眼神中還露出一絲嘲諷，他才轉頭對上七姬，鐵青著臉惱怒地喝道：「妳這個白癡女人！以後腦子放聰明一點！」

說罷，他重重地哼了一聲，揚長而去。

陳副管家這一走，七姬跺了跺腳，恨恨地剜了孫樂一眼，也帶著奚女兩人離開了。

眾女也覺待著沒趣，一個個陸續散去。

遠遠地，孫樂聽到有人在說——

「現在陳副管家都當著雪姝和阿福的面偏袒七姬了！」

「就是……」

聲音越來越小，漸漸的又恢復了安靜。

弱兒走到孫樂的面前，抬頭看著她說道：「姊姊，妳剛才所說的那兩個漏洞我在姊姊開口之前也看出來了。」他一臉羞愧。「弱兒笨，比姊姊慢了一步，姊姊，明天的碗給我洗吧。」

「當然給你洗！」孫樂笑嘻嘻地說道。

孫樂把那幾件麻衣重新捆好，抱在懷中向房內走去，在腳步跨入門檻時低頭看向弱兒。「弱兒，你剛才過於憤怒了。你要知道，憤怒會使人失去理智，會影響你的分析能力和判斷能力的。」

弱兒低下頭，吶吶地說道：「她們的話讓我想起了我娘。」

他這句話聲音很小，孫樂沒有聽清。她只是隱隱地聽到弱兒在嘟囔，不過她現在心緒不寧，也沒有心情向他仔細追問。

她一直坐在椅子上，久久才吁出一口氣。弱兒顯然也心緒不寧，一樣久久沒有說話。

這一天晚上，孫樂又練了很久的太極拳。

第二天孫樂想了很久，也沒有想出一個鎖門的機關來。她試著做鎖，弄了半天做出來的東西七不像的。她也想過搬一塊大石頭放在門外，或者放一碗水在門上，可這些想法都不實用。

孫樂晃了晃腦袋，頭痛地想道：算了算了，以後多留個心眼吧！

轉眼又是兩天過去了。這一天，孫樂正在練習太極拳的時候，聽到外面傳來一個少女的叫聲——

「十八姬，雪姝小姐叫妳去一趟。」

孫樂一怔，從木屋中走出來。只見地坪裡站著一個約莫十四、五歲，生著一雙圓溜溜的眼睛，模樣有兩分俏麗的侍女。這個侍女她見過，正是雪姝身邊的人。

「走吧。」侍女見孫樂出來，頭一轉率先向前走去。

帶著孫樂來到一個碧青色的拱門前，圓眼睛侍女說道：「小姐就在裡面了。」

兩人跨過拱門，來到一條碎石路上，這是一個很大的花園，兩旁都種滿了各種孫樂沒有見過的花草，這麼秋盡的時候，還有鮮花點綴在草叢中。

她抬頭一看，百公尺開外，一個亭子出現在眼前，那亭臺中坐著三、四個人，正在那裡說笑不休。

孫樂遠遠一看，便被一個熟悉的身影給吸引了目光。

那人一身淡綠色錦衣，氣質清冷，身姿挺拔，可不正是五公子？

一看到五公子，孫樂的心便怦怦地跳得歡快，她低下頭，嘴角向上一揚，暗暗想道：好久沒有看到他了。沒有想到今天居然能看到他，真好！

突然之間，一種幸福的感覺湧出胸臆。

孫樂被自己、被這種幸福的感覺給嚇了一跳。她緊緊地咬著牙，一遍又一遍地告誡自己，費了好大的力氣才讓自己的心跳不再那麼急促。

兩人來到了亭臺前。

亭臺建在一個圓形的草地中，裡面擺著一張桌子、四張石椅。雪姝正坐在五公子的旁邊，而在他們的對面，是兩個長相端正、面孔白皙、身著麻衣的年輕男子。這兩個男子長相有點相似，顯然是兩兄弟。

雪姝眼睛一抬，便看到了孫樂，她格格一笑，從石椅上跳了起來。「十八姬來了？五哥哥，你剛才不是為難嗎？幹麼不問問十八姬呢？她真的很聰明呢！」

雪姝一開口，五公子連同那兩個年輕男子也都看向孫樂。

孫樂低著頭，微微一斂，叫道：「見過五公子，見過表小姐。」

五公子目光清冷地落在她的身上，清聲說道：「不必多禮了，過來吧。」

「喏。」

孫樂慢慢向前挪去。

他的聲音清冷悅耳，如金玉相擊，孫樂暗暗忖道：也不知這世上，還有沒有男人的聲音比五公子的更好聽？

她又胡亂想著：五公子人長得這麼俊，脾氣又好，家世又好，上天把所有的好處都給了他一人，也不知有沒有女子看到他卻能不動心？

她實在沒有辦法，如此近距離地靠近五公子，她的鼻端彷彿聞到了他身上清爽的氣息，彷彿感覺到了他溫熱的呼吸。她的心跳是如此急促，她的心是如此紛亂，那種酸苦和微甜的感覺正搔著她的心田，使得她不得不用胡思亂想來轉移注意力。

五公子瞟了她一眼，淡淡地說道：「站到亭臺上來吧。」

「喏。」

孫樂慢慢地挪到了亭臺上，亭臺不大，她看了看，見圓眼睛侍女站在雪姝的身後，便抿緊唇，按住劇烈跳動的心，走到五公子身後站定。

她靠得他如此之近，近得可以聞到他頭端的清香！

五公子頭也沒抬，靜靜地說道：「十八姬，上次妳給我幫了一個大忙，我很是感激。聽了雪姝所說的話後，我確定妳實是一個聰明人。現在我有一點小麻煩想問妳一問，妳不用緊張，想一想回答我就是。」

「喏。」

五公子沈吟片刻，緩緩開口道：「如果有一個男人，他的妻子死了，而他的一個愛妾想成為他的正妻，可有法子好想？」

孫樂一怔，半晌不語。

五公子側頭看著她，眼神有點期待。「好好想一想。」

孫樂輕聲問道：「敢問五公子，那愛妾的娘家可有地位？」

五公子淡淡說道：「只是一般而已。」

孫樂想道：愛妾的娘家一般，也就是說，那愛妾的娘家地位不入那男人的眼了。她低頭思索了起來。

孫樂沈吟的時候，亭子中幾個人都沒有說話。

過了好一會兒，五公子低聲說道：「妳先回去吧，如果想好了就來告訴我。最好快一點。」

孫樂微微一福，恭敬地應道：「喏。」

說罷，她慢慢退下。

孫樂走入群樹叢中，身影不再可見後，一個麻衣男子苦笑道：「五公子居然對這個醜丫頭寄予厚望？這事難度如此之大，她怕是想不出來了。」

五公子的聲音清冷地傳入孫樂的耳中。「是啊，這事難度實在有點大，比上一次問她的事還要難些，她想不出來也是正常。」

孫樂慢步向西院走去。

當她來到自己的小木屋時，弱兒從房中跑了出來，他緊張地看著孫樂，著急地說道：「姊姊，妳沒事吧？」

孫樂搖了搖頭，問道：「怎麼啦？」

弱兒吁出一口氣。「剛才雪姝的侍女叫妳離開後，七姬和奚女突然來到了這裡，她們兩人在房中看了一遍後，二話不說就離開了。我以為她們與雪姝的侍女聯合起來要對妳不利呢！」

孫樂聞言笑了笑。「不會。剛才確實是雪姝叫我，五公子有一事問我看法。而且我剛才回來的時候，已經在路上遇到了七姬。」

弱兒瞪大眼。「五公子有事問妳看法？什麼事？」

孫樂笑了笑，她在房中踱了開來，一邊走，她一邊把五公子說的話重複了一遍。

她的話音一落，弱兒便癟嘴說道：「這怎麼可能？一個有地位的男人，妾室動輒數十上百，她一個娘家沒有雄厚實力的妾室想要扶正，那怎麼可能？姊姊妳別想了，他這是故意為難妳的。」

孫樂搖了搖頭。

弱兒看到她搖頭，雙眼唰地睜得老大，他愣愣地望著孫樂，訝異地說道：「姊姊，難道妳能想出法子來不成？」

孫樂輕聲說道：「這世上很多不可能的事，換一個角度也許便能找到解決的法子。這事我得好好想一想。」

她見弱兒一臉「妳自尋麻煩」的表情，不由得嘆道：「弱兒，我們現在太弱勢了，我一定要幫五公子想出個法子來。只有借五公子的勢，我們才不怕被人欺負。」

弱兒嘟囔著。「可這個問題也太難想了。」

孫樂沈思的時候，喜歡做著事。她轉過身便打掃起房間，擦拭起家具來。她的房間空空蕩蕩，三兩下她便弄完了。弄完之後她又洗起衣服，洗完衣服她乾脆打起太極拳來。揮汗如雨中，一絲脈絡隱隱地被她給捕到了。

第二天，孫樂又一大早就起來打太極拳。當她打到那白鶴晾翅的動作時，身體忽然一僵。

片刻後，孫樂的清笑聲傳了開來。弱兒正在睡夢中，被她這笑聲一擾，不由得睜開了迷濛的雙眼看向門外。

孫樂收起一件麻衣，從井中提了一桶清水轉身走入了浴室中。片刻後，她已清清朗朗地走出了西院門外。

五公子所住的院落，就在阿福的木屋前面，周圍有一片竹林。孫樂雖然沒有來過，她的耳朵卻自然而然地捕捉了一切有關五公子的事情。

她走過碎石路，穿過竹林，來到一個紅色的拱門外時，一眼瞅到了站在院子中的阿福。

孫樂輕聲叫道：「福大哥。」

阿福轉身看來，見到是她，不由得驚訝地問道：「妳來做什麼？」

孫樂恭敬地回道：「回福大哥，我有事回五公子。」

阿福打量了她一眼，沈吟片刻。這個十八姬他雖然只打了兩、三次交道，不過從這幾次看來，她與西院中的那些花癡女子不同，是個沈穩的人。

他想到這裡，便點了點頭，說道：「進來吧。」

孫樂福了福，慢步走到了院落中。阿福帶著她繞過前院的木屋，順著一條兩側種著荷花的碎石路向後面走去。

不一會兒，一個種滿了竹子、蘭花的院落便出現在孫樂的面前。竹林後面，是一幢由竹子和木頭混合建成的房屋。房屋建得十分精美，它的左側還有一道清溪繞過。

阿福信步走到房屋前面的蘭花叢中，他頭一低，朗聲叫道：「五公子，十八姬說有事找您。」

阿福的聲音一落，房中便傳來五公子清冷中帶著淡淡喜悅的聲音。「十八姬來了？好！」

不一會兒，只著淺白色綢子單衣的五公子走出了房門。這種綢衣相當的單薄，孫樂可以透過單衣看到五公子修長結實的胸脯，甚至胸脯上那兩點！

她的臉一紅，迅速地低下頭去。

五公子見到她臉紅了，腳步微微一頓，他清冷的目光從她的臉上掃過，淡淡說道：「十八姬，妳跟我進來吧。」

「喏。」

五公子折而向內，孫樂腳步放慢，挨挨蹭蹭了好一會兒才跨入房門，果然，她剛一進偏殿，便透過絲帳看到一個侍女在幫五公子加上外衣。

孫樂低下頭，乖巧地站在偏殿外。

五公子披上外衣後，把長髮朝後一順便走了出來。他徑直走在前面，越過偏殿向後面那一間走去，孫樂緊跟其後。

偏殿後面卻是一間書房，左側的木櫃子上面擺了成千上萬個竹簡，而右側則是一個約有三十多坪的空間，在靠牆的那邊擺著一個編鐘。那編鐘很大，足足把一面牆壁都擺滿了，孫樂望著這古老的玩意兒，心中很渴望能走上前去摸上一摸。

不過這念頭只是一閃而過，基本上有五公子在旁邊時，她得要拿出五成的精力來應付自己那怦怦亂跳的心臟。

五公子坐在榻几上，他朝著自己對面的那個榻上一指，溫和地說道：「坐吧，現在妳不是我的姬妾，而是一個士。」

孫樂低下頭，緩步走到榻几前跪坐而下。

五公子打量著她，見她雖然一直低著頭，卻是表情鎮定。他點了點頭，持壺倒了些濁酒在陶碗裡，伸出修長白淨的手，把那陶碗親自端到孫樂的面前。「這是酒，也不知妳喝得慣不？」

孫樂低聲應道：「多謝五公子。」說罷，她雙手捧著陶碗，小小地抿了一口。

五公子給自己也斟了一碗酒，溫和地說道：「妳說罷。」

「喏。」

孫樂清聲說道：「那女子想由妾成妻，可她又沒有可借用的娘家勢力，那就只好借用外來的勢力了。」

五公子認真地盯著她。

孫樂抬頭對上他的雙眼，就在四目相對的那一瞬間，她馬上低下了頭，繼續說道：「雖然說是借用外部勢力，卻並不是說要她拋頭露面。」孫樂靜靜地說道。「只需一個說客便事成矣。」

「說客？」

五公子眼中精光閃了閃。「詳細道來。」

孫樂娓娓說道：「那說客可以先到一個比男子更強勢、好色又與他有點過節的男人那裡，大言妾之美豔、高貴無雙，可堪為王侯之妻而不是普通人之姬妾。」

五公子皺起了眉頭。「繼續說。」

孫樂抬眼看向五公子，這一次她沒有倉皇避開視線，而是靜靜地說道：「那男人必然動心。然後說客可以回到男人那裡，告訴他，因為他的妾室美豔無雙，這次自己在某某那裡曾被詢問起，現在某某令他前來探探口風。」

孫樂淡淡一笑。「若女子真是那男人的愛妾，他必不肯讓自己的女人輕易地落入其他的男人之手。就算那男人不是很愛自己的妾室，他也不會願意雙手把自己的女人送給仇敵，使得天下人笑話。可他又沒有別的好法子可以避免此事發生，這個時候，他唯一能做的就是立此女為妻。就算貴為王侯，要人之妾只是一句話，而奪人之妻卻是難行。」

其實，在孫樂把話說到一半的時候，五公子緊鎖的眉頭便已解開，他修長的手指在几面上不緊不慢地輕叩著，眼中精光閃動。

孫樂說完之後，便又低下頭來。

五公子的手指，有一下沒一下地在几面輕叩著。他叩了一陣後，清聲說道：「這法子或可一用。」

說罷，他站起身來看著孫樂。「妳先回吧。」

「喏。」

孫樂應聲站起，微微一福後轉頭便向門外走去。

五公子站在書房中，望著她的背影出神。

等孫樂離開後，阿福走了進來，來到五公子身邊。「五公子，十八姬挺聰明的。」

五公子點了點頭，淡淡地說道：「此女是異於常人。」

阿福低聲說道：「五公子，關於十八姬的身世來歷，我已經調查清了，怪不得她不但識字，還聰明有異常人。」

說罷，阿福拿出兩根竹片遞給了五公子。五公子伸手接過，靜靜地閱讀起來。

孫樂頭也不回地走出五公子所在的院落，直至來到拱門外，她才怔怔地轉過頭去。望著那一片疏竹濃綠，孫樂不由得又伸手按上了自己的胸口。

當孫樂回到自己的木屋時，弱兒早就等著她了。他走到孫樂的面前，大眼睛一眨一眨地盯著她，一副「我在等妳自己開口」的模樣。

孫樂啞然失笑，她把自己跟五公子說的話重複了一遍。

弱兒聽完後半晌都沒有吭聲。過了好一會兒，他忽然說道：「姊姊，我怎麼與妳相差這麼遠？是不是如妳這樣醜的女子都這麼聰明？」

孫樂額頭上流下了一滴汗！

要是平時，她聽了弱兒這不自信的話後會好好地安慰他，可現在她心中鬱悶，便翻了一個白眼，站起身來不去理他。

弱兒似乎沒有察覺到孫樂在惱自己，他望著地面，眼睛撲閃撲閃著，也不知在想些什麼。

過了好一會兒後，他抬頭一看，孫樂已到地坪中忙著收衣服。

弱兒蹦跳著走到她身後，他從後面悄悄地伸頭朝她的臉上瞟了一眼，見她嘴巴噘起，不由得傻笑了一下。

他站在那裡傻乎乎地搔了搔頭，有心想向孫樂說一句什麼道歉的話，卻又說不出口來。而且他的心中也不明白，平素自己老是叫她醜八怪她都從來不在意，怎麼自己剛才只是問一問她，她就生氣了？

弱兒眼珠子轉了又轉，卻沒有想到應該怎麼做。片刻後，他一個箭步衝到孫樂的身後，伸臂就向她摟來。

孫樂任他摟著，她知道這是弱兒的撒嬌方式。

弱兒摟著她好一會兒，突然驚訝地說道：「姊姊，妳長高了呢！」

孫樂回轉頭來一看，還真是的。記得那次剛見弱兒時，自己與他一般高矮，現在自己卻比他稍稍高了一個指節了！還真是長高了。

孫樂當下眉開眼笑起來。不過她這一高興，可輪到弱兒不高興了。當下孫樂費了好大的口舌，才讓弱兒相信男孩子是長得遲一些的。

轉眼間又過了三天。

這一天，又到了孫樂照井水的日子。她起了一個大早，練習了兩個小時的太極拳後，才一邊拭著汗水，一邊來到井旁。

這時太陽初昇，天地間帶著一股淡淡的清新的空氣香。旁邊的木屋中不時發出輕響和低語聲，看來大家都起床了。

孫樂雙手撐在井旁，靜靜地看著水中的自己。

水面中的女孩，她的面容已白淨紅潤了一些，而且她的眼神終於沒有那麼黯淡了，她那枯黃的、稀稀疏疏的頭髮也有了一點光澤，貼著頭皮長出了一層的細茸毛來，這使得她整個人看起來都舒服多了。

至於那張臉，也不知是不是因為整體改善的緣故，臉上的坑坑窪窪似乎平復了不少，坑坑窪窪中那黑紫發青的顏色也淡去了一半。

她這一張臉，對著水面細看時已不會讓她觸目驚心，忍著不舒服細看一會兒，還能看出自己有著不錯的五官呢！雖然，這真的不容易注意到……

孫樂伸手撫上自己的臉，隨著她的動作，水面中出現了她那隻不再似黑雞爪的手。孫樂的嘴唇動了動，對著水中的自己輕輕地說道：「孫樂，加油！」

正在這個時候，一陣腳步聲傳入她的耳中，同時，一個熟悉的笑聲傳來——

「喲、喲，又看到醜八怪在照自己了！我說醜八怪啊，妳這有什麼好照的？再照也還是這麼醜！」

正是七姬的聲音。

孫樂慢慢地抬起頭來，雙眼對上迎面走來的七姬等四、五個少女。她的雙手一撐，慢慢地向後轉身，離開。

七姬看到她理也不理自己就準備離開，俏臉不由得脹得通紅，她雙眼冒火地盯著孫樂，咬牙切齒地說道：「喲、喲，大家看啊，這醜八怪翅膀硬了，脾氣也見長了呢！瞧瞧，瞧瞧，要是往日她見到我，哪一次不是低頭問好的？這一次居然一句話也不交代就想離開呢！」

七姬的聲音尖峭而刺耳，遠遠地傳了開來，不一會兒工夫，從各幢木屋處伸出了幾個人頭，而弱兒也站到了門檻旁，正緊張地向這邊看來。

孫樂停下動作站在原地，慢慢地回過頭對上七姬。

微微一福，孫樂清聲叫道：「七姬姊姊！」

自孫樂第一次叫七姬做姊姊被她罵過後，孫樂一直記著，也一直告訴自己不要再這樣叫她了。因此，她這刻意叫出的「七姬姊姊」傳到七姬耳中時，很有點刺耳。

七姬嘴一癟，輕蔑地瞟了她一眼。她大步走到孫樂面前，直到離她不到半公尺的地方才站定。

她朝孫樂又瞟了一眼，瞟過之後馬上轉頭對著身後的幾個少女，皺著眉頭一副不勝厭惡地嘆道：「這張臉可真是醜啊！醜得讓人一看就噁心，一看就心中發堵！哎哎……」一邊說，她一邊連連搧著鼻端，彷彿孫樂身上有什麼異味一樣。

孫樂低眉斂眼，看著地面沒有吭聲。她在心中暗暗回道：其實已經好一些了，雖然還是醜，可是好一些了，已經不像妳所說的那麼醜了。

七姬連連羞辱了她好幾句後，聲音一沈，慢慢地說道：「十八姬，我來是要告訴妳一件事，陳副管家發話了，妳以後就歸我管。」

孫樂迅速地抬起頭來。

她對上七姬得意洋洋的臉，心中馬上明白過來：怪不得她跑到自己的木屋中檢查呢，原來是這麼一回事。看來上次在雪姝面前讓她落臉的事，七姬一直耿耿於懷啊！

七姬對上一臉驚訝狀的孫樂，得意地冷笑道：「聽清楚沒有？妳以後歸我管了！」

孫樂靜靜地回道：「我沒有明白。」

「妳說什麼?!」七姬大怒，她瞪著孫樂厲聲喝道：「陳副管家的安排妳敢不聽？」

孫樂直等到七姬的咆哮聲完全平息，才靜靜地回道：「回七姬姊姊話，妳和我是姊妹，地位上平等，不存在誰管著誰的事。再說了，陳副管家也只是管管我們日常的生活所需，他也沒有權力在我們姊妹中分出三六九等來。」

「妳！」七姬直氣得胸口起伏不斷，她伸手指著孫樂的鼻尖，半天才喝道：「妳、妳好大膽！」

孫樂低眉斂目，沒有回話。

七姬顯然氣得不輕，她脹紅著臉，胸口不斷地起伏著，喘氣聲也有點急促。她在原地走了幾步後，驀地又衝到孫樂面前，伸手直指她的鼻尖。「好呀，還真是翅膀硬了，膽子見長了啊！妳現在連陳副管家也不看在眼中了，再過一陣子，妳是不是連五公子也不放在眼中了？怪不得妳身為五公子的姬妾，居然擅自帶著一個小男人回來一起住！妳這醜八怪早就膽大包天了！」

七姬的聲音又尖又脆，一句接著一句。在她與孫樂開炮的時候，眾女已慢慢圍了上來。到了這個時候，站在兩女旁邊指指點點的女人少說也有二、三十個了。看來西院的女人都到得差不多了。

七姬的聲音一落，孫樂便喝道：「七姬姊姊，請慎言！」她抬起頭，平靜地看著七姬。「弱兒乃是稟過五公子才帶進來的，七姬姊姊這句話把五公子置於何地？」

孫樂的喝聲雖然平靜，卻也響亮。她這句話一說出，七姬便被她的氣勢怔住了。

孫樂見到七姬一時啞口無言，低一低頭，輕聲說道：「七姬姊姊，如果沒事的話，我得回房中去了。」

七姬看到她轉身就走，不由得聲音一提，頗有點氣急敗壞地喝道：「妳真敢不聽陳副管家的話？」

孫樂轉頭看向她，平靜地回道：「七姬姊姊，姬府是高門大府，它自有自己的規矩原則。陳副管家還沒有權力把我們這些屬於五公子的姬妾分成三六九等。如果姊姊一定要堅持的話，我想問過福大哥和五公子後再來回答姊姊。」

孫樂這幾句話擲地有聲，把七姬給生生地晾在原地半天不知如何反應的好。

孫樂頭也不回地回到房間中，七姬怔怔地目送著她離開，心中七上八下，一時拿不定主意該如何是好。

就在這時，她聽到身邊傳來一陣輕笑聲。七姬回頭一看，卻見眾女都用一種嘲諷的目光看著她。

這種目光她平素也看到過，可哪有今天見到的這麼多、這麼毫無顧忌？

七姬心中大為惱怒，卻一時不知如何是好。她自然知道眾女以前對自己顧忌幾分，那是因為陳副管家的緣故。現在十八姬這個醜八怪直接把陳副管家的命令不當一回事，因此眾女便在那裡嘲笑她了。

她雖然頭腦簡單，卻也知道孫樂所說句句屬實。她緊緊地咬著牙，恨恨地想道：*怎麼這個醜八怪膽子這麼大了？好像一點兒也不顧忌陳副管家了？*

她站在原地躊躇不決，眼見眾人的輕諷聲和嘲笑聲越來越大，七姬終於一跺腳，帶著奚女等人衝了出去。

孫樂站在臥房門口，靜靜地看著外面。

弱兒走到她身邊，伸手扯著她的衣袖，不解地問道：「姊姊，妳不是一直說要忍的嗎？現在為什麼又不忍了？」

孫樂轉頭看向他，認真地說道：「忍也要看情況的。自上次七姬陷害我盜竊後，我與陳副管家之間便有了不可調和的矛盾。而這種矛盾並不是我忍讓退縮便可以解決的。今天這事，我如果應承了這個無理的命令，那我就會落到他與七姬的手中，到時他們就可以挑出一千個、一萬個錯來陷害我。」她目光閃了閃，輕笑道：「再說了，阿福不是得了我三兩金嗎？五公子不是前幾天才向我問過計謀嗎？我完全可以借他們的勢，對抗這個陳副管家啊！」

弱兒點了點頭，他低下頭想了想，片刻後抬頭看向孫樂，忽然說道：「姊姊，我覺得妳比我父、父親還要聰明。」

孫樂第一次聽到弱兒提到他的父親，不由得好奇地看向他，問道：「你父親？他還在嗎？」

弱兒嘴一抿，沒有回話。

孫樂奇怪地看著他，有點想不明白。不過是問他一句他的父親還在不在世，弱兒怎麼也不願意回答？

孫樂從來不是一個喜歡強迫別人的人，見弱兒不願意回答也就不理會了。

她轉向臥房正中，擺開一個太極拳的起手式，一邊練習一邊笑道：「真沒有想到，七姬所想的對付我的主意便是這個。只是這一次她落空了，一定又會想個別的主意來呢！」

孫樂一直在等著七姬使出下一招，可到了第二天、第三天，一直都是平靜無波，這就讓孫樂有點想不通了。如陳副管家那樣的人，在這群沒有得寵的弱女子間一直是很威風的，如今被自己當眾掃了威風，他不可能這麼輕易放過自己啊！

日子一天一天的過去，轉眼間又一個月過去了。就在孫樂都忘記了那件事的時候，這一天她與弱兒練完字回來，卻在路上便看到四個面目陌生的少女大簍小簍地向自己的木屋走來。而走在那些少女身邊的，正是精瘦而猥瑣的陳副管家，以及得意洋洋、高聲談笑的七姬。在他們身後則跟著三姬等看熱鬧的眾女。

弱兒牽著她的手一緊，低低地對她說道：「姊姊，她又想幹什麼？」

七姬在看到孫樂兩人走來時，下巴一抬，精緻的臉上露出一抹得意至極的表情。不過她這次沒有以前那麼張揚，那笑容雖然得意，卻只是在眉眼間流蕩。

孫樂牽著弱兒，靜靜地走到木屋地坪裡，與陳副管家等人正面相遇。

陳副管家淡淡地掃了她一眼，指著那個走在最前面，眉骨高揚、頗為豔麗的少女對孫樂說道：「這位是十九姬，她從今天起便與妳一起住在這間木屋中。」頓了頓，他轉頭對上那豔麗少女，笑得極為殷切。「十九姬，這個醜八怪是五公子大發善心從外面撿來的，妳不用太在意，妳的身分與她不同，在這間木屋中妳才是主人。」

那豔麗少女下巴一抬，一臉厭惡地瞟了一眼木屋後，嬌作地說道：「就這幢木屋？這麼小居然還有個醜八怪與我一起住？不行！你把她弄到另外的地方去吧，我不喜歡外人！」

說到這裡，豔麗少女轉頭瞟向孫樂，在對上她的臉容時，豔麗少女的雙眼驀地睜得老大，似乎直到現在才看清她一樣，驚聲問道：「她……她就是十八姬？她也是五公子的姬妾?!」

豔麗少女的聲音又驚又疑，完全是不敢相信。

她這句話一說出，七姬和奚女等人便在旁邊笑了起來。她們一邊笑，一邊鄙夷地學著豔麗少女的表情打量著孫樂。

陳副管家在旁邊殷切地應道：「是啊，我家五公子就是心太善良了。他可憐這個醜八怪，便賜給她一碗飯吃呢！可是這醜丫頭並沒有見好就收，妳看她身邊的那個男孩，那也是與她一起在這裡白吃白住的。」

陳副管家的話音一落下，弱兒的身子便是一顫，小手也變得冰冷冰冷的。

孫樂知道弱兒的自尊心其實非常強，她連忙伸手緊緊地握著他的手，緊緊地握著。

孫樂在這個時候，心中也苦澀不已，她萬萬沒有想到陳副管家會使出這麼一招來！

豔麗少女又看向孫樂，只是看了一眼，她便厭惡地移開了頭。她轉向陳副管家，居高臨下地以一種命令式的口吻說道：「我不管這麼多，反正這個醜八怪不能住在我的房子中。」

七姬上前一步，親密地笑道：「十九姬妹妹，妳何必想這麼多呢？就把這個醜丫頭當成侍女不就成了？她是賤民出身，可會幹活呢！妳看這木屋就被她弄得一塵不染的。」

豔麗少女聽了這句話，顯得頗為意動，低頭沈吟起來。

孫樂聽到這裡，不由得上前一步，平靜地看著眾女說道：「不必了，我搬出去就是。」

她的聲音一落，眾女便詫異地轉頭看向她。

七姬誇張地叫道：「這可怎麼行？這樣妳可是沒有地方住了啊！難道妳準備帶著這個小男人一起吹風淋雨的？」

七姬的聲音剛落，陳副管家已經迫不及待地叫道：「當真？這可是妳自己要求的。來人啊，去把十八姬的東西統統扔出來！」

陳副管家的喝聲尖峭而得意，他的喝聲一落，兩個年輕漢子便從人群後方走了過來，大步走向木屋中。

「砰」的一聲，木屋的房門被兩人重重地撞開，接著，一陣叮叮砰砰的聲音便從屋子中傳來。

就在兩個漢子提著她的麻衣、草蓆丟出房門時，一個沈穩的喝聲從眾人身後傳來——

「出了什麼事了？怎麼聚集了這麼多人？」

正是阿福的聲音！

阿福的聲音一傳來，眾女齊刷刷地向兩旁一讓，讓他走了過來。而孫樂這時也低下頭去，嘴角微揚。

上一次陳副管家來找她的麻煩，阿福馬上就跟著來了，她早就料到阿福一定一直在注意這邊的動靜。果然沒有猜錯，這不來得正是時候？

陳副管家和七姬都沒有想到阿福會在這個節骨眼上趕來。

阿福大步走到陳副管家面前，他朝十九姬看了一眼，疑惑地問道：「這是？」

陳副管家點頭哈腰地笑道：「這是新來的十九姬，她可是青城府莊府的七小姐。」

十九姬睜大細長的雙眼，一臉詢問地打量著阿福，實在不明白這個看起來不起眼，長得一雙蛙眼的青年是什麼人。

阿福點了點頭，他看了孫樂一眼，又看了一眼被扔到地上的麻衣，再轉向了陳副管家。「不錯呀！這十九姬一進門，陳副管家便令人把十八姬的東西都給扔了，人也趕出去？敢情，人家對五公子的救命之恩根本就不值一提？居然連個落腳的地方也配不上？」

阿福的語氣不陰不陽，陳副管家直聽得冷汗涔涔而下。在他的心中，阿福一直是五公子的心腹，處理的也是五公子在外的大事。至於這些不被看重的姬妾的小事，阿福是不屑管也不願意管的。這幾年來，他在處理西院的事上就沒有人插過手，因此他還真沒有想到，阿福居然為這個醜八怪出頭了？

陳副管家一張青瘦的臉脹得通紅，他咂了咂有點乾巴的嘴唇，半天才說道：「不，不是。是我看到十九姬身分高貴些，所以、所以……」

他所以了個半天，都沒有說出個道理來。

阿福冷冷地瞟了他一眼，轉向那兩個青年漢子喝道：「把這些東西都擺回原處！」

「喏。」

兩個漢子連忙躬身聽令，把孫樂的麻衣、草蓆又給送回原處。

阿福轉向七姬，淡淡地說道：「七姬為人爽利，又好相處。這樣吧，把十九姬安排到七姬的房子中。」

「啊？」

七姬萬萬沒有想到阿福有這麼一手，她的臉色頓時一白，張著小嘴，一臉的不敢置信。

她抬頭看著阿福，見他的表情堅定，不由得嘴一癟，張口便要反對。就在這個時候，陳副管家朝她使了一個眼色。

七姬嘴唇一閉，那句吐到了唇邊的話便沒有說出來了。

阿福轉向陳副管家，冷冷地說道：「陳副管家，五公子雖然叫你統管內院，但是你要記住你的本分！你不要忘記了，這西院的所有女子都是五公子的人。有時候還是避忌點好，五公子看起來好說話，可犯了忌諱，姬府還是有規矩的。」

這一番話，卻是話中有話了！

陳副管家和七姬同時臉色煞白。

旁觀的眾女則是一個個眉飛色舞。阿福這席話可不輕啊，那完全是在警告兩人。就是嘛，七姬怎麼也算是五公子的女人，她跟陳副管家怎麼能這麼要好？這事可太不對頭了！

阿福說到這裡後，目光冷冷地掃過眾人。「別聚在一起了，都散了吧。」說罷，他揚長而去。

阿福是走了，可陳副管家卻站在那裡半晌都動彈不得，他的額頭上汗如雨下，臉色青白，嘴唇顫抖，顯然受到了很大的驚嚇。

七姬的心有點粗，沒有察覺到他的異常，她只是昂著頭巴巴地等著阿福快點離開。阿福前腳一走，她後腳便跑到陳副管家的面前，急急地叫道：「這可怎麼辦？你說這可怎麼辦？我可不願意與別的女人共住一屋！老陳，你快想想法子呀！」

七姬自顧自地說著，而陳副管家這時已臉色鐵青。

他還沒有開口，一旁那高作的十九姬總算從混亂中清醒過來，這一清醒，她馬上明白了自己的處境——敢情自己這麼一個小姐出身的人，居然成了沒有人要的破爛了？

她的小臉唰地脹得通紅，胸脯氣得急促地起伏著。她身後的三個侍女看到自家小姐生氣了，連忙上前揉背的揉背，按胸的按胸，幫她順著氣。

七姬還在眼巴巴地瞅著陳副管家，她咬著下唇，聲音又急又快地說道：「到底怎麼辦，你倒是吱個聲呀！要不，你去跟阿福說一說吧！他不是不喜歡管內院的嗎？你去跟他說一聲吧！真是的，那個醜八怪不過給了他三兩金，他居然就替她出這個頭了！」

陳副管家霍然抬頭。「妳說十八姬給了阿福三兩金?!」

七姬點頭道：「是啊，上次她幫五公子想出了一個啥主意，五公子獎了她三兩金，這個醜八怪轉手就給了阿福。那可是三兩金呢，我可真替她心疼——」

「閉嘴！」

陳副管家脹紅著臉，重重地喝道，蠟黃削瘦的臉上青筋直露。「妳為什麼不早點告訴我？」

七姬愣愣地看著他，駭得向後退出一步，結結巴巴地說道：「這、這……人家忘了嘛！」

陳副管家急促地喘息著，他恨恨地朝地上「呸」地一聲，吐了一口痰。「我還真是燒糊了心了！居然為了幫妳這麼一個又蠢又鈍的女人惹禍上身！」恨聲中，陳副管家怒氣沖沖地跑了出去。

第四章　兩小無猜光芒露

孫樂和弱兒這個時候已回到木屋中，弱兒一進房，便跑到大門處把它給緊緊地關了起來。關起來他還不踏實，又搬了一把椅子給靠在門後面。

而孫樂，則早就來到臥房處，從窗口看著外面的景象。

在外面正變得精彩時，弱兒蹬蹬蹬地跑到了她的身後，伸頭朝外面看去。

看到外面的陳副管家氣得幾欲吐血，弱兒得意地嗤笑起來，恨恨地說道：「活該！哼，這一次看你們還怎麼得意！」

這個時候，站在外面的七姬愕然地望著大怒離去的陳副管家，她的臉色青白交加，嘴唇動了動，猶豫半天後低著頭離開了。

看到她轉身，那十九姬也咬著牙，悶悶地跟在七姬的身後。

弱兒望著兩個都很有脾氣的女人的背影，格格笑道：「姊姊，這一次七姬的木屋可要熱鬧了，說不定待會兒就會打架呢！姊姊妳說那時誰會厲害一點？」

孫樂笑咪咪地說道：「我估摸這個十九姬還要厲害點。」

弱兒轉頭問道：「為什麼？」

孫樂嘴一癟。「七姬頭腦太簡單了。」

弱兒咧嘴笑了起來。他笑了一陣後，忽然說道：「姊姊，阿福不錯。」

孫樂點頭道：「嗯，他能成為五公子的心腹，這說明他本來就是個很聰明的人啊！」說到這裡，她自己倒是給怔住了。阿福這樣的人，不可能只為了那三兩金便如此關注自己，難道說……自己終於引起五公子重視了？

孫樂想到這裡，心跳突然加速，小臉也有點微紅。她側過頭，讓外面的涼風可以直接吹到臉上。吹了一會兒後，孫樂感覺到心平靜了少許。

這一天，孫樂和弱兒都極為開心，兩人一見到對方，便會時不時地傻笑一陣，猜測著兩個女人和陳副管家現在的心情。每每這個時候，兩人都是一陣大笑。

可是這種開心，在晚飯送來時卻消失了。原本兩人一大碗的飯菜，變成兩人一小碗，其中有一半是麥麩，而且還是半生不熟的。

望著一碗黑黃交雜的粟米和麥麩，兩人這下真的笑不出來了。

弱兒眼盯盯地看著碗，半晌後無力地問道：「姊姊，這下怎麼辦？」

孫樂也眼盯盯地望著碗中，搖了搖頭說道：「看來這以後是難吃飽飯了。」

她抬起頭，對上弱兒的大眼睛，想了想後說道：「沒有什麼好怕的，大不了以後我們自己想法子填飽肚子。」

她把飯碗放到一旁，兩人對著它大眼瞪小眼，都有點難以下嚥。姬府的生活雖然一直難以吃到肉食，給他們的粟米麵食卻一直是白淨的、足量的，兩人給養得嘴有點挑了，現在品質下降這麼多，還真是光看著就飽了。

孫樂站了起來，伸手摸著肚子說道：「時間不早了，看來我們得準備覓食了。」她側頭想了想。「弱兒，我記得上次帶你回府時，看到那右邊山道上有一叢竹子的吧？」

弱兒傻傻地點了點頭，他不明白孫樂這個時候提竹子幹麼？

孫樂望著後院處，自言自語道：「幸好五公子那時是發過話的，我可以偶爾出去看一下你。現在你雖然進府了，那話還是可以利用的。」

想到這裡，她轉身跑到廚房中，在廚房的灶臺內，她伸手掏啊掏的，拿出了兩、三把石刀來。這些石刀都有點破爛，是她這陣子收集的。把石刀掏出後，她又從裡面摸出一把鐵片來。

這塊鐵片約巴掌大，上面鏽跡斑斑，它做成一個菜刀形，一側厚一側薄。它是孫樂這幾個月中最大的收集品。

用一件最舊的麻衣包起這四樣東西後，孫樂和弱兒伸頭朝外面瞅了瞅，見沒有人注意到這邊，便迅速地躥出房門，溜到了後院中。

兩人來到圍牆處時，一片黃葉悠然落下，同時，一股涼風冷颼颼地吹來，這風是如此涼，使得兩人同時打了一個寒顫。

孫樂抬頭看了看天，嘟囔道：「是了，我居然給忘記了，現在應該快立冬了吧？這下要逮著牠們可有點難度了。」

弱兒把頭一伸，湊到她面前悄聲問道：「姊姊，妳在說些什麼呀？我怎麼都聽不懂？」

孫樂衝著他嘿嘿一笑。「我在說，天無絕人之路！」

弱兒大力地點了點頭，他雙眼亮晶晶地看著孫樂。「姊姊，我發現妳有時說的話，越想越有味道。」

孫樂得意地一笑，皺了皺眉頭。「那是當然，你姊姊我很聰明呢！」

弱兒絲毫不懷疑地大點其頭。「嗯，姊姊最醜了，當然也最聰明呢！」

孫樂聞言小臉一黑，爬到牆上時手一鬆，差點摔倒在地。

她連忙伸手緊緊地攀著牆，一邊向上爬，一邊還抽空瞪了弱兒幾眼。

不過弱兒這個時候也在費力地向上爬著，並沒有注意到她的臉色眼神不對。

那麻衣早就被孫樂扔到了牆頭上，兩人爬上圍牆後，先把那麻衣包丟到了地上，然後溜了下去。他們的腳一落地，便同時吁了一口氣。好久沒有出來了，感覺還真不錯。

幾個月沒有出來，後山早就草木凋零，原來那些人高的雜草和藤蔓已經枯黃了大半，這樣一來路倒是好走了許多。

孫樂帶著弱兒來到那片竹林處。這是一片淡竹林，竹子都只有指頭大小，以孫樂的力氣和手中的工具而言，這淡竹可比大楠竹適合多了。

孫樂踩倒一根兩公尺高的淡竹，拿出石刀便砍了起來，足足砍了近三十下，她才把這根淡竹砍斷。接下來便是把這根淡竹支解，做成尖竹片。

弱兒蹲在她的旁邊，看著她拿鐵刀熟練地破開淡片，分解竹片，好奇地問道：「姊姊，妳以前也弄過這個嗎？」

孫樂笑道：「沒有，不過我看到村裡的老人做過。」

「姊姊真聰明。」弱兒說道：「不過姊姊村裡的老人也真聰明，他怎麼什麼都會呢？我在的那個村裡沒有老人會這麼多東西，連扶爺爺也不行。」說到這裡，弱兒補上一句。「姊姊，妳村裡的那些老人是不是也很醜？」

孫樂聞言雙眼一黑，鐵片頓時向下一滑，砍中了她的食指指背，轉眼血流而出！

弱兒看到她流血了，嚇了一跳，急急地撲上來，伸手緊緊地捂著她的傷口，叫道：「姊姊，姊姊，妳流血了！」

孫樂無力地呻吟道：「弱兒，只要你以後不說這種長得醜就是聰明人的話，姊姊就沒事了。」

弱兒不解地抬頭看著她。「為什麼呀？這話不是姊姊妳告訴我的嗎？妳告訴過我，妳對雪姝這麼說過。」

孫樂臉上的肌肉一抽，好不容易才擠出一個笑容。「呃，弱兒，姊姊有時並不是每句話都是對的。像這一句話，那只是為了哄雪姝小姐而隨便說出來的。」

弱兒愣愣地點了點頭，只是點頭時，他眼眸中飛快地閃過一抹笑意。

孫樂手指上的傷口其實很淺，畢竟這鐵刀很鈍，血流幾滴便凝住了。孫樂沒有理會它，繼續破起竹片來。

她手中的刀實在太鈍了，加上又不合手，孫樂足足破了一個小時才把這根淡竹破成上尖下鈍的竹條七、八十片。

把竹條放在麻衣中包好，孫樂又拿鐵刀砍倒了五根淡竹，把所有東西都收拾好後，她轉身向樹林深處走去。

弱兒緊跟在她的旁邊，見她一直低著頭，細細地看著草地上，不由得問道：「姊姊，妳在看什麼呀？」

孫樂答道：「我在看有沒有動物的腳印和屎，我要挖一個陷阱。」剛說到這裡，她便輕聲歡呼道：「啊，看到了！」

在她右側的泥土旁，一個腳印出現在她的眼前，這腳印有點模糊不清，孫樂又沒有打獵的經驗，看不出是哪種動物的。

不過對於她來說，只要有動物便可以了。

她來到泥土旁，把麻衣放在地上，拿出鐵刀，就著腳下挖起土來。用鐵刀挖土的感覺就是不一樣，泥土顯得又鬆又軟，轉眼便挖出一大片。

孫樂用了兩、三個小時，終於挖出一個如她一樣高的洞來。她在洞底把竹片一一插好，再在洞壁上挖出幾道階梯爬了上來。

在洞外面鋪上柴草，弄些泥土，一個陷阱便弄成了。孫樂雙手拍了拍，拍掉一些泥土後，轉頭對著弱兒說道：「天色不早了，我們明天再來多弄幾個陷阱，這樣一定可以逮到一些野獸的。」

她抬頭看了看天空，見太陽剛剛下山，還有一個小時左右才會天黑，便扯著弱兒跑到那片山藥叢去，用鐵刀挖出了三叢山藥來。這三叢山藥加起來足有二十斤重，孫樂用麻衣包著山藥和鐵刀、石刀，紮緊後繫在五根淡竹上扛起。

孫樂一直以來，都沒有想過要讓弱兒做事。她一點也沒有察覺到自己對他的這種寵溺。弱兒注意到了，他雙眼亮晶晶地看著孫樂小小的身影，緊走幾步，伸手緊緊地牽著她的袖子。

孫樂這個時候渾身是泥，臉上也沾滿了泥土，整個人髒兮兮的。因此在進府的時候，她可不敢讓別人看到。到了圍牆外，她傾聽了一會兒裡面的動靜才爬牆，跳到院子後，也是躡手躡腳地向木屋走去。

她直到跑進了木屋中，才鬆了一口氣。伸手把裝滿了山藥的麻衣連同淡竹竿一起甩到地上，跑到井水旁提了一桶水便忙著清洗自己。

至於弱兒，他一直只是在旁邊看著，身上並沒有弄髒。

當她弄完這一切時，天色早就黑了，各大木屋中都燃起了火把。

孫樂吩咐弱兒在廚房中生一把火，她則把山藥全部洗淨、削皮、切好後放到陶鍋裡。當紅豔豔的柴火照在兩人的臉上時，兩人你看著我、我看著你，都是笑逐顏開。

仔細想一想，也沒有什麼值得開心的事，可是兩人就是心情很好，彷彿是這種溫暖的感覺很好，也彷彿是期待山藥煮熟的感覺很好。

不一會兒工夫，一陣清香撲鼻而來。孫樂把陶碗蓋一拿，看到雪白粉嫩的山藥片在水中滾沸著，它發出的清香令得孫樂和弱兒連連嚥著口水。

孫樂把山藥盛出後，鍋裡還有一點水。孫樂把那碗半生不熟的粟米和麥麩倒在陶鍋裡繼續煮了起來。

不一會兒，兩人便一邊吃著山藥，一邊添著粟米吃起晚餐來。

弱兒大口大口地吃著，他一邊吃一邊吐詞不清地說道：「姊姊……我從來沒有吃過這麼好吃的飯菜。」

孫樂嘿嘿一笑。

她咬著沒有放油的山藥片，暗暗想道：要是能逮到一隻兔子什麼的……

剛想到這裡，她便口水泛濫成災，連連嚥了好幾口才嚥乾淨。她算了算，自己從到了這個世界後，好似還沒有正兒八經地吃過五片以上的肉！如姬府這樣的大府，也只有每個月底時才會在麵粉中加上三片薄薄的瘦肉片，那肉味淡淡的，孫樂直到現在都不知道那是什麼肉。

當天晚上，孫樂沒有練習太極拳，她把五根淡竹全部破成竹條這才入睡。

第二天，兩人起了一個大早，孫樂用鐵刀花了四個小時，才挖出了一個和她一樣高的洞，然後又跑到竹林去砍了十根淡竹。

她昨天挖出的陷阱外面雜草依舊，根本沒有任何動物經過的痕跡。

弄好這一切後，孫樂和弱兒回到了木屋中。木屋外，照樣擺著一碗飯，那飯與昨日的一樣，青黑交雜，是一些半生不熟的粟米和麥麩。

孫樂昨日弄回的山藥足夠他們吃上十來頓了，因此兩人看到這碗飯也沒有在意。

就在兩人進入廚房時，前面的木屋旁伸出一個腦袋來。

「咦，那醜八怪怎麼沒有反應呢？」

自言自語的正是奚女。她觀察了半天，也不見木屋裡面傳來咒罵聲或牢騷聲，偶爾聽到的，也是兩個孩子的笑語，她不由得有點納悶也有點失望。

奚女又看了一會兒，便見到兩人的廚房生起火來。到了這個時候，裡面偶爾傳來的都是笑語聲。奚女迷惑地搖了搖頭，轉身向後跑回去。

孫樂兩人吃過早餐後，她又破開了五根淡竹。下午時和弱兒去把上午的那個陷阱弄大弄深，直到如成人高才回來。

第三天，兩人繼續弄陷阱，破竹子。孫樂並不是獵人，她只從電視中隱約地看到過這個法子，至於有沒有效果，她的心中也沒有底。

這樣的日子，直持續到第六天，這個時候，兩人吃山藥片都吃得口裡淡出水來了。

到了第七天，太陽高照，空氣中透著一股燥熱。孫樂和弱兒在木屋中學習了一陣後，又照常來到了後山。

這一次，他們在查過七個陷阱後，終於在第八個陷阱處看到一個窟窿。

孫樂大喜，她與弱兒兩人雙眼發光地傻笑了兩下後，便迫不及待地向那陷阱中跑去。

跌入陷阱中的居然是一隻狼！這狼肚皮下流著一大攤鮮血，雙眼緊閉，已死去多時。看這狼皮毛稀疏的樣子，顯然是一隻老狼。

孫樂喜得見眉不見眼，她和弱兒兩人合力，費了好大的工夫才把這隻重達八十來斤的狼給弄上來。

把狼屍藏好後，兩人飛快地跑到別的陷阱處看了看，見另外幾個都還是老樣子，便又回到了狼屍的旁邊。

孫樂和弱兒把死狼抬到溪水處，當孫樂坐在地上喘氣的時候，她看到弱兒從麻衣中拿出鐵刀向那狼走去。

孫樂這是第一次看到弱兒主動幹活，不由得睜大了眼。

弱兒走到狼屍旁邊，熟練地割下狼頭和四肢，開膛破肚。他的動作乾脆利落，揮刀之間毫不猶豫。孫樂看著看著，突然有一種弱兒能夠持刀殺人的感覺！

這種感覺可真是奇怪，弱兒在她面前那麼溫馴膽小，又怎麼會有這種殺戮之氣？

弱兒顯然以前做過這種事，不到半個小時，他已把可以食用的狼肉另外剝離開來，連狼皮他也整個剝下放在一旁。

他處理了這些事後，拿著麻布把狼肉收好，轉頭朝孫樂看來。

弱兒對上孫樂睜大的、不敢置信的雙眼，不由得下巴一抬，很是得意地一笑。「姊姊，我知道妳是女人，這見血的事還是我這個男人來做的好。」

孫樂本來是十分吃驚的，也很想讚美他的，可聽到弱兒這自大的話，她不禁啞然失笑地說道：「還真沒有看出弱兒這麼能幹呢！以前我忙的時候你卻從來不上前呢！」

弱兒悶悶地回道：「君子遠庖廚！」

孫樂沒有想到他整出這麼一句話來，噎了噎，問道：「那農活呢？」

弱兒雙眼睜得老大，理直氣壯地說道：「那些事，亦非君子所為！」

孫樂給氣得笑了起來，不過她的性格本來就溫和，對弱兒又寵溺，聽了這話也只是搖頭直笑。

孫樂走到處理好的狼肉旁邊，拿起麻衣掂了掂，約有個六、七十斤左右。

她和弱兒各提著麻衣的一隻手臂和衣襬，抬著狼肉，拿著狼皮往回走去。孫樂一邊走，一邊開心地說道：「這下好了，我們有肉吃了。待會兒我們回去後，我就把它全部燻好了，省得它壞掉。」

孫樂說到這裡，雙眼瞇成一線看向埋陷阱的地方，嚥了一口口水，喃喃自語道：「也許明天一來又有收穫了。」

兩人回到木屋後，孫樂把狼肉留下四、五斤新鮮的，其餘的便架在煙堆上慢慢地燻著。她這個廚房建得偏遠不顯眼，那一點點煙火根本就不會引起別人的注意。

至於那些新鮮的，孫樂則是留著與山藥一起炒著吃。有了狼肉，便意味著有了油、有了肉食！這對於她和弱兒正在發育中的身體來說十分重要。可惜的是，從弱兒的茅草屋中拿來的鹽不多，不能把鹽塗在肉上再去燻。

接下來足足晴了半個月，冬至已到，孫樂估計過了這半個月的晴天，天氣便會變得很寒冷。

不過她的運氣相當的不錯，這半個月中，那近十個陷阱中又捉到了五隻兔子、一隻野豬。那野豬應該是隻幼崽，約有百多斤重，掉到陷阱中被竹尖刺傷後，足足衝出了四、五百公尺才因流血過多倒地而死，那血痕在地上拖了老長。孫樂兩人趕到時，牠還剛剛嚥氣。

同樣的，這些動物的開膛破肚都歸弱兒來完成。當兩人的廚房裡堆上了百多斤肉食時，孫樂和弱兒光是看著便傻笑不休，他們還沒有這麼富有過。

孫樂不知道，這後山屬於姬府所有，旁邊村子裡的獵戶都不敢來獵殺，所以讓他們撿了一個便宜。

接下來，孫樂帶著弱兒把那幾十叢老的山藥藤也挖了回來，一共弄回來三、四百斤的山藥，順便還把後院的那些馬齒莧也採來洗了曬乾。當做完這一切時，天色突然變得寒冷無比。北風呼嘯著，天空一片陰沈，兩人穿著草鞋還有點發冷。

幸好弱兒把這些獸皮全部處理過曬乾了，孫樂把乾草鋪在床上，再在其上墊上草蓆，而獸皮則被她縫製了一番，做成了獸皮被子，她與弱兒各一床。

然後，她用狼皮的零碎地方亂縫亂試，做出了兩雙鞋子，她拿起穿到腳上，居然還挺合腳的，這一下孫樂大喜，接下來她用十天的時間又給兩人各做了一雙。

一直以來，孫樂和弱兒再冷也是分床睡的，雖然兩人年紀還小，孫樂也把弱兒當成弟弟，心中並不以為意，不過她的名分擺在那裡，因此兩人還是注意地保持著這一點距離。

這一天，孫樂打了幾個小時的太極拳後，便洗了一個澡，躺到了床上。這是她前世養成的習慣，在天冷的時候喜歡這樣躺在床上發呆。

正在這時，一個男子的聲音從外面傳來——

「十八姬，出來一下。」

這是阿福的聲音！

孫樂一怔，連忙從床上一骨碌地爬起來。

阿福正背著手站在地坪裡，他看到孫樂走出，削瘦的臉馬上眉開眼笑的，好不親熱。

「十八姬，五公子回來了，他叫妳去見他。」

早在阿福來到西院時，他的身後便不時地探出一個個腦袋來，眾女早在眼睜睜地看著這邊。阿福聲音一落，一陣低語聲便絡繹響起。

孫樂的心中閃過一個念頭：難道，是為了上次那個計謀的事？

阿福對上她詢問的臉，右手朝外面一伸，笑容滿面地說道：「十八姬，請！」

以阿福的地位，他什麼時候對西院的女人這麼客氣過？一時之間，眾女都睜大了眼，不敢置信地看著這一幕，連竊竊私語聲也消失了。

孫樂的心臟怦怦地跳動起來。

她當然知道，阿福這個態度意味著什麼。這意味著她的主意成功了，更意味著不管是五公子還是阿福，都對她另眼相看了。

孫樂按住急速跳動的心臟，頭一低，恭敬地說道：「福大哥先請。」

阿福欣賞地看了她一眼，轉頭向前走去，孫樂緊跟其後。

西院中的眾女早就站到了院子裡，兩人從她們身邊穿過，阿福是理也沒理，孫樂是沒有抬頭。

阿福帶著她出了西院門，一直來到竹林處他才開口道：「十八姬，妳確實是一個聰明人。」

孫樂連忙應道：「不敢。」

阿福笑了笑。「妳在我的面前不必這麼客氣。對了，後來陳副管家和七姬等人找過妳的麻煩沒有？」

「沒有。」孫樂的聲音依舊低低的。

阿福嘆道：「妳是有也忍下去了吧？陳副管家的為人我是知道的，他雖然辦事勤勉，卻是個小肚雞腸的人，事後就算不敢對妳怎麼了，小報復卻是一定有的。哎，這些女人嫁到姬府，五公子一直是有愧疚的，他也一直有意地避開與西院有關的事情，所以她們以及陳副管家的所作所為，只要沒有造成什麼後果，是沒有人管的，這個希望妳能明白。至於那個七姬……」說到這裡，他不耐煩地皺起了眉頭。「這陣子她與那十九姬天天爭吵，幾次都吵到五公子這裡來了，每一次都是我給擋住的，現在我一看到這兩個女人就煩。」

阿福娓娓而談，彷彿站在他面前的孫樂並不是那個醜陋平庸的十八姬，而是一個與他地位相等的人。

孫樂靜靜地傾聽著，聽到這裡後，她輕笑道：「那兩個女人都是有理不讓人的人。」

阿福嘆道：「豈止是有理不讓人？她們是沒理也要占三分便宜！這兩個女人天天不消停，我原本想著把她們分開，後來也惱了，便想著就讓她們擠在一屋，就讓她們自己不安生。我吩咐了下去，以後凡是她們找我，我是一律不在，五公子那裡就更不用說了。」

孫樂聽到這裡，不由得噗哧笑出聲來。

兩人說笑中，已經走到了五公子的院落外面。

孫樂望著種滿了竹子、蘭花的院落。望著竹林後面那一幢由竹子和木頭混合建成的房屋時，不由得有點恍惚。

這屋子、這院子，她就算累到了極點，也會在午夜夢迴中見到，一次又一次，一回又一回，這是種很讓人無力的感覺。孫樂有時覺得，人這一生啊，很多事都可以由自己作主，可是自己這心，它就與命運一樣不按牌理出牌。

甩了甩頭，孫樂望著自己的足尖，苦笑著想道：孫樂啊孫樂，妳可真是一個不知足的人！

兩人走過竹林，還沒有靠近五公子的房屋時，一陣笑語聲便傳入了兩人的耳中。

那笑聲是幾個年輕男子所發，其中一個聲音清冷動聽，如金玉相擊，正是五公子的聲音。

孫樂聽到這久違的聲音，心中不由得一醉。

阿福這時站住了腳，他轉頭看向孫樂。「五公子在會朋友了。十八姬，妳在這裡稍候一下，我去稟過五公子。」

「喏。」

孫樂望著阿福離開的背影，心中一苦：要是我長相清麗，甚至長相就算一般，他也會把我帶到五公子的朋友面前說事吧？

孫樂側頭撫上身側的一根楠竹，指甲在那竹身上輕輕劃去，一時思緒紛亂，百感交集。

也不知過了多久，一陣腳步聲向她這裡傳來。

孫樂抬頭一看，只見五公子和阿福正向她走來，五公子身著一襲青色綢衣，頎長的身影如同臨風玉樹，讓人一看就賞心悅目，心馳神往。

她剛看得一癡，自己便立刻警醒過來，連忙頭一低，上前兩步。

五公子緩步走到她面前，淡淡說道：「十八姬，妳很不錯。上次妳所出的計謀還記得嗎？」

孫樂小聲地回道：「記得。」

五公子嘴角一揚，聲音有點清越地說道：「實話跟妳說，我所說的那個寵妾是我的一個族姊，她原是趙侯的寵妾，不過現在是趙侯的正妻了。」

他溫和地看著孫樂。「正是妳的那個主意使她成了事。這一下，我們齊地姬府在本家面前可是長了臉了。兩次都是因為妳的主意成了事，我很開心。」

孫樂聽到這裡，心中咯噔一下：敢情五公子這家族大不簡單？

她還在尋思之際，突聽得五公子又說道——

「妳想要什麼賞賜？」

想要什麼賞賜？

孫樂心中電轉，半晌後她輕聲回道：「我想要五兩金，還想要出入府中的自由。」

五公子嘴角一揚。「五兩金？太少了！我給妳十斤金吧！至於出入府中的自由，妳不是一直有嗎？」

孫樂一驚。

就在這時，阿福在旁邊笑道：「許是十八姬想名正言順吧！」

五公子道：「名正言順？這個可不能給妳。」

在孫樂感覺到失望時，五公子又說道：「為了補償妳，我決定任妳為我的書房侍婢。以後每天上午巳時、下午未時，各需一個時辰在我書房待著，平素妳可以自由安排。十八姬，妳願意嗎？」

孫樂又驚又喜，她的心在怦怦的亂跳，一直都跳到了她的嗓子口了！

難道說，從此後自己可以每天都看到他了？

這事光是想想，她就覺得幸福無比，整個人如飄蕩在雲層中，快樂得說不出話來。

緊接著，她的理智告訴她：這樣一來，自己便是與阿福一樣，成了五公子的心腹了。自己不再是七姬和陳副管家就可以搓圓搓扁的人了，自己衣食無憂了。而且，自己還有了十金，有了足可以保證自己離開姬府也能過上好日子的十金！

她這種種思緒，在腦中只是一閃而過。孫樂按住激動的心情，微微一福。「喏。」

五公子得到了她的承諾，顯得十分滿意，他衝著她點了點頭。「那妳的名字也得改一下，妳想到什麼名字沒有？」

名字改一下？

孫樂馬上明白過來，以後自己待在五公子的書房中，必然會見到與他地位相當的人，他這是不想讓別人知道自己是他的姬妾，畢竟如自己這麼醜的姬妾，可是會成為別人的笑柄的。

孫樂心中有點泛苦，她迅速地壓下去，低聲說道：「五公子，叫我孫樂吧。」

「孫樂？我記住了。那妳先下去吧，明天巳時再來吧。」

「喏。」

目送著五公子和阿福離開，孫樂這個時候已經沒有了一點苦意，不但沒有苦意，她還得強行壓抑，才沒有當場歡跳起來。她轉過身便向自己的木屋衝去，這麼好的消息，她一定要告訴弱兒，讓他也得意得意。

孫樂的雙眼笑得只現一線了。

孫樂蹦蹦跳跳地回到西院。

她一出現在西院，眾木屋中便有無數雙眼睛向她看來。

這所有的種種或驚疑、或猜測的目光，在對上孫樂那蹦蹦跳跳的動作時，全都呆住了。

在她的身後，三、五個女人走聚成一堆，交頭接耳地議論著。

當孫樂來到七姬的木屋外時，她看到七姬把三姬推了出來。

三姬一出房門，便衝著孫樂亮出一個笑容。她笑著揚聲問道：「十八姬，有了什麼好事了？妳怎麼笑得這麼歡？」

孫樂轉頭看向她，雙眼亮晶晶的。她不用回頭也知道，此時此刻，這院子裡的每一個女人都豎起了耳朵，在等著自己的回答。

孫樂嘴一彎，快樂地說道：「是五公子，他要我當他的書房侍婢，還允我以後不叫十八姬了。」孫樂在眾女齊刷刷的妒忌中笑道：「我以後就叫孫樂了，各位姊姊不用再叫我十八姬了。」

她的話清楚地傳出。

半晌，都沒一個聲音傳出來。眾女呆若木雞。

成了五公子的書房侍婢？

還改了名字，有了姓氏？

天啊，這個醜八怪走什麼運了？居然一下子變成了五公子身邊的人？她憑什麼？

眾女平時就沒有看得起她過，這個時候突然聽到孫樂的宣佈，頓時全都啞了。她們面面相覷，那句恭喜的話卻半個字也吐不出口！就連平素溫和的三姬和六姬也是如此。

孫樂自是一點也不在意，她蹦蹦跳跳地來到自己的木屋前。木屋門口，弱兒正倚在那裡等著她。

孫樂一個箭步衝到弱兒的面前，她伸手把弱兒的肩膀一扶，然後重重地和他來了一個擁抱。

她是如此興奮，用的力氣也是如此之大。

去。

孫樂緊緊地抱著弱兒，歡喜地、連迭聲地叫道：「弱兒，我好開心，我好開心呢！」她連叫了好幾聲「我好開心」，卻沒有聽到弱兒的回答，不由得鬆開他，朝他的臉看去。

弱兒那雙大眼睛正瞪得滾圓地看著她，嘴唇癟起，一臉愀然不樂。

孫樂睜大眼奇道：「我成了五公子的書房侍婢，弱兒你不高興嗎？」

弱兒斜眼瞟著她，悶悶地回道：「妳就這麼喜歡五公子？」

孫樂怔住了，她這是第一次聽到弱兒以這種語氣提到五公子。

弱兒的嘴癟得更厲害了，他的大眼睛中淚光閃動。「妳這麼開心，就是因為妳可以經常看到他嗎？」

弱兒說到這裡，身子唰地一轉便向後院衝去。

孫樂直怔了好一會兒才反應過來：敢情，弱兒是吃醋了？

她想到這裡不由得好笑起來，見弱兒越跑越遠，她連忙追了上去。

當她來到後院時，弱兒正咻咻幾下爬到了一棵小樹的樹杈上坐好。自從那次爬樹輸給了孫樂後，弱兒便一直在暗地裡練習爬樹，現在比她還要熟練多了。

孫樂見他沒有跑遠，心下一鬆。她走到弱兒所在的那棵小樹的下面，背靠著樹幹抱膝蹲下。

孫樂望著天邊那飄浮的白雲，快樂地、輕輕地說道：「弱兒，姊姊是真的很高興。」

她彎起唇，雙眼笑咪咪地說道：「以前姊姊又怕吃不上飯，又怕陳副管家報復，現在姊姊都不怕了！弱兒，你知道嗎？這次五公子還賞了我十金。有了這十金，我們就可以到外面買鹽回來，也可以吃上最好吃的粟火粥……不對，還有稻米飯。我們可以天天吃上稻米飯，一直吃一直吃！」

孫樂說到這裡，嚥了一下口水。「弱兒，你不知道姊姊會做很多很多好吃的菜呢，以後姊姊可以經常做給你吃。再說了，就算姊姊成了五公子的書房侍婢，每天也只有兩個時辰在那裡待著，其餘的時間，姊姊還是與弱兒待在一起呢！」

孫樂說到這裡的時候，頭頂上傳來了一陣肚子的咕嚕聲。孫樂雙眼一彎：這小子，被我的話弄出饞蟲來了。

孫樂歪了歪頭，繼續說道：「至於五公子，姊姊就算喜歡他那又能怎麼樣？你可別忘記了，姊姊是個醜丫頭。」

她的這句話剛一說完，頭頂便是一陣搖晃。只見弱兒雙腿掛在樹枝上，整個人向下倒立著，那張小臉正好順勢盪到了孫樂的眼前。

弱兒把臉湊到孫樂眼前，衝著她吐出長長的舌頭，高興地接口道：「我知道了，姊姊長得這麼醜，五公子他根本就不會看中姊姊的。」

在孫樂青白交加的臉色中，弱兒自顧自地得意說道：「天下間，只有我才會不在乎姊姊這張臉呢！」

孫樂聽到這裡，蹭地站了起來。她氣得胸口起伏不已，過了好半晌才恨恨地朝地上一跺腳，跑了。

弱兒望著她落荒而逃的背影，嘻嘻笑了起來。那可惡的笑聲在很久後還在孫樂的耳中飄蕩。

當天晚上，被弱兒嚴重打擊了的孫樂一直練習著太極拳，一直練習，直到所有的燈火都熄了，天空中只有星星在閃動，她還在黑暗中一步一式地練習著。

弱兒睡在炕上，蓋著暖暖的獸皮被，他聽著孫樂的呼吸聲，突然開口叫道：「啊，慘了！」

他的驚叫聲令得孫樂一驚，連忙停下動作。「弱兒，發生了什麼事？」

弱兒悶悶的聲音傳來。「姊姊，我們那麼辛苦弄來的肉食是不是多餘了？」

孫樂聞言不由得在黑暗中翻了一個白眼，她沒好氣地回道：「這裡肉食一向稀罕，就算是阿福，最多也是三天一頓肉食，我們的肉食又怎麼會浪費呢？」

弱兒嘻嘻一笑，那笑聲在黑暗中清楚地傳出。「嘻嘻，這我早就知道了。姊姊，這可是今天晚上妳第一次跟我說話喔！」

巳時正是上午九點到十一點，孫樂學著西院的其他人，在屋中弄了一個沙漏。

她照常在凌晨四、五點就起了床，一直練習到上午八點半左右，便轉身往五公子的院落走去。

這一次她走在院子中，不時有人向她注目。這些女人神色各異，大多在對上她的目光時會擠出一個笑容。經過七姬的木屋裡，裡面咆哮如雷，七姬和十九姬以及她們的侍女正相互叫罵得起勁。那聲聲尖叫和刺耳的哭喊，令得她連忙加速腳步。

孫樂來到五公子的院落裡，院落裡很安靜，只有一個侍童正無精打采地打掃著外面的落葉。侍童看到孫樂到來，叉手低聲說道：「妳可是孫樂？五公子昨日吩咐過，妳可以自行從側房門到書房中去。」

孫樂輕聲道：「謝謝小哥。」

那侍童與她年紀相仿，約莫十一、二歲的樣子，聽到她的道謝後咧嘴一笑。他的目光好奇地落在孫樂的臉上，不過只掃了一眼，他便急急地移開頭去。

孫光平靜地看著前方，提步走上了階梯。

當她來到側房時，眼角瞟到正房間紗帳隱隱，裡面有一道青色頎長的身影。

怦怦怦……她的心跳飛快，那是五公子呢！他正在兩個侍女的服侍下穿著衣服。

孫樂只是掃了一眼，便雙頰通紅。她連忙目不斜視，腳下加速，三步併作兩步便進入了書房中。

書房有點亂，裡面處處可以看到灰塵。看樣子，在她之前應該沒有女性的侍婢給書房打掃過。

孫樂走到書櫃前，每一格書櫃，都用紅木做成，極厚。可是這極厚、極結實的紅木書架，放下百來冊竹簡時，也給人一種不堪負荷的感覺。

孫樂把每一個竹簡打開看上幾眼，便大約知道這是屬於哪一類型的了，然後她便按照經史子集把竹簡重新擺放起來。

她一邊擺著竹簡，一邊用放在書架後的一塊抹布拭去書架上的灰塵。擺了一個書架的竹簡後，她便專心地清理起書房來。

過了一個多小時，一陣輕緩的腳步聲傳來，五公子來了！

孫樂光是聽到他的腳步聲，心臟便跳得歡快。她無奈地苦笑了一下，走到第二格書架前繼續分類。

不一會兒，五公子出現在書房中，他朝孫樂瞟了一眼，轉身拿起一個空的竹簡走到几前。

孫樂一見他這樣子，知道他是要寫字了，便走到一旁研起墨來。

這研墨她是第一次，開始兩下時有點輕了，不過她很快便找到了門路，熟練地把墨研好放在五公子旁邊。

五公子提起毛筆，手放在竹簡上幾次想要動筆卻遲遲沒有下手。不一會兒，他低嘆一聲，把筆放在一旁。

又過了片刻，五公子重新提起毛筆，他略一沈吟便下筆如飛。

孫樂一直靜靜地站在他身後的角落處，低頭不語。

一時之間，書房中只有筆尖移動的「沙沙」聲不時傳來。

一刻鐘左右，五公子放下筆，他把竹片拿起看了看，頭也不回地說道：「下午我有幾個朋友會在午時未時過來，妳提前來一下。」

孫樂低聲應道：「喏。」

五公子把寫好的竹片放入懷中，轉身就準備離開。剛走到門口他腳步一頓，喝道：「鮑，把十金拿來給孫樂吧。」

一個清亮的少年聲音傳來——

「喏。」

五公子這才走了出去。

十金？

孫樂激動不已。她興奮地望著門口處，心情激動無比。她知道，在這個時代，百金可以讓一流的刺客割下自己的人頭；千金是國與國之間的交易；這十金，放在後世絕對值得百萬！

她有了這十金，就算離開了姬府也可以過上比較好的生活了。

不過，她現在根本就沒有自保之力，就算擁有這十金，也絕對不能離開姬府。

就在孫樂浮想聯翩時，一個十五、六歲的麻衣少年走了進來。這少年一頭黑髮緊緊地束在頭頂，露出光潔而寬闊的額頭，雙眼明亮有神，顧盼生輝，讓人一看就生好感。想來，這就是鮑了。

鮑走到孫樂面前，把手中的包袱丟給她，說道：「這裡面是十金，妳看一下。」

孫樂打開一看，立刻被黃燦燦的金光炫花了眼。她把包袱合上，躬身說道：「多謝。」

鮑點了點頭，並沒有多說二話就離開了。

孫樂把那包袱放入麻衣的大袖口中，單手托著離開書房，向自己的院落走回。五公子是叫她上午只值一個時辰，早在五公子離開時，書房中那沙漏便顯示時間到了。

孫樂懷中有了沈甸甸的十斤金，整個人走起路來都是抬頭挺胸的，臉上更是神采飛揚。

當她回到西院時，西院中本來熱鬧的喧囂聲突然少了許多，那些原來正交談得歡的女人們有意無意地向她看來。在瞅到她那神采飛揚的表情時，那些女人的臉上精采極了。

孫樂來到七姬木屋外時，七姬正站在院子裡的榕樹下，她一見孫樂，便臉色唰地一青，「呸」地一聲重重地朝地上吐了一口痰。

而且，七姬所吐的痰正是朝著孫樂的方向吐來！

七姬這口痰一吐，眾女都齊刷刷地向這邊看來，臉上的表情似笑非笑，一副看好戲的樣子。那站在門檻處的豔麗的十九姬，更是衝七姬露出一個鄙薄的表情。

所有人都在等著孫樂的反應。

孫樂淡淡一笑，彷彿什麼事也沒有發生一樣，面無表情地向前走去。

在眾女的失望中，她來到了自己的木屋前。

這一次，弱兒沒有站在門口迎接她，孫樂連忙推門入內，一進房，便看到弱兒用一個方形的木框弄了一盤沙，正在沙上練著字。

他持棍如持毛筆狀，一筆一畫都十分認真，嘴唇抿得緊緊的，雙眼眨也不眨，一點也沒有察覺到孫樂的到來。

孫樂看到弱兒居然知道用功了，不由得抿唇一笑，心中好不開心。

她踮起腳，慢慢地走到了弱兒身後，準備向自己的臥房走去。

剛走到弱兒的旁邊，弱兒頭也不回地開了口。「回來了？」

弱兒這語氣，竟是十分沈穩。

孫樂眼睛眨了幾下，她身子向後一歪，把頭伸到弱兒的面前，笑咪咪地說道：「喲，我的弱兒長大了，會用功了。」

弱兒頭也不回，照樣一筆一畫地練著。「姊姊這麼聰明，我自然不能太差。」

孫樂聽了這話大是高興，她身子一旋跳到了弱兒身後，把臉湊到弱兒的臉旁，伸嘴在他的左頰上「叭唧」了一聲！

弱兒猝不及防之下被偷襲，小臉唰地通紅。他伸手捂著自己被吻的地方，站在那裡一時手足無措。

孫樂大樂，她雙臂一伸，從後面緊緊地抱著弱兒叫道：「弱兒，我們有錢了！」叫到最後三個字時，她自然而然地把聲音壓得極低。

她說到這裡，又歡喜地重複道：「我們有錢了！弱兒，我們可以天天吃米飯，天天吃肉了！」

她邊說了好幾聲，卻沒有得到回應，不禁好奇地瞅著弱兒。「弱兒，你不高興嗎？」

弱兒白了她一眼。「只不過是十金而已，看妳高興的。」說到這裡，他從鼻孔中輕哼一聲表示不屑。

孫樂笑道：「你這個盡會吹牛的小屁孩！」

孫樂的好心情一點也沒有被打擊，她在原地旋轉了一圈後，樂滋滋地說道：「弱兒，你應該吃過早飯了吧？我可還沒有吃喔！要不，我們到外面去吃吧，順便買點鹽什麼的回來。」

弱兒看向她，奇怪地問道：「妳手中的不是金子嗎？這個哪裡能在這小地方用？」

孫樂一聽還真的是，她現在手中是有了十金，可這十金哪裡能在這小地方使用？至少也得換成齊地的貨幣才行啊！

孫樂越想越是犯愁，自己和弱兒兩個孩子，手中真的拿了金子出去換，只怕連命也會丟掉。這麼說來，這十金還只能藏著？

苦惱的孫樂對上笑嘻嘻望著自己的弱兒，狠狠地給了他一個白眼後，轉身便跑到了臥室中。

既然這金不能用，那就只好藏起來了。孫樂在房中轉了轉後，瞅著四下無人便跑到了後院，從靠近圍牆的地方挖了一個坑，把金子放在一個破陶碗中埋到了坑裡面。弄好後，她再在上面填上土，重重踩平。

弱兒站在木屋中，透過窗戶看著她的一舉一動。見她如此小心，他不由得嘴一癟，很是不屑地嘟囔道：「才十金而已，真沒有出息！」

下午轉眼就到了，孫樂早早就來到了書房，她繼續整理著竹簡，這時鮑走了進來，看著几上的幾個糕點和麵食，對孫樂說道：「妳不餓嗎？為什麼這些都沒有動？」

孫樂詫異地看向他。「這些，我能吃？」

鮑笑了起來。「當然，這些便是給妳準備的，妳要不吃我得拿去倒掉了。」

孫樂早就餓得胃疼了，連忙衝上前說道：「我吃！」

鮑把碗碟放回原處，轉身離開。

孫樂見屋中沒人，抓起糕點大口大口地吃了起來。她實在是餓得慌了，再不進食人都要昏倒了。

這些糕點和麵食全部是米粟做成的，上面只放了些鹽，味道十分普通，可孫樂卻覺得這是自己穿越以來吃過的最好吃的主糧了。

正當她撫著肚子打著飽嗝時，鮑的聲音從前面傳來——

「孫樂，五公子和他的朋友往南亭去了。」

孫樂連忙應了一聲，轉身向南亭走去。

南亭，是建在一連排的石屋上的亭子。那些石屋是靠著山壁建成的，樓梯也就是山壁上開出來的。孫樂走上去時，阿福和雪妹也都站在五公子身後。孫樂人長得小，站在三人身後那是一個衣角也沒有露出來。

而在五公子的對面，共坐著三個年輕人。這三位年輕人身著錦衣，身旁是美妾家僕相隨，一個個神采飛揚。

至於他們的長相，則只是端正，中間那個比較清秀。

四位公子圍著一張石几而坐，所跪坐的榻自然是侍婢送上來的。石几上美酒流香，大塊的肉發著金黃的光芒。

孫樂悄無聲息地走到五公子旁邊、阿福的側後方站好。

右邊那個圓臉微胖、笑起來有兩個酒窩的青年晃了晃手中的酒盅，對著五公子叫道：「姬五，你這小子特不夠意思！居然不聲不響地跑到趙境去了，回來後你族姊就成了趙侯的正室了。老實說，你小子用了啥法子？」

五公子淡淡地回道：「趙侯的意思豈是我能左右？」

中間那清秀的少年笑道：「倒也是。」

這時，左邊個子高佻、臉色青白略浮腫的青年伸手掩著嘴打了一個哈欠，有氣無力地說道：「姬五，你這小子是最沒趣的，每次到你這裡來，你不但沒有美姬歌舞相逢，還盡把我們弄到這種莫名其妙的地方來喝酒。」

他說到這裡，雙眼直向姬五公子旁邊的雪妹掃來，嘴一咧，露出一抹淫笑。「不過你身邊這個侍婢長相還真不錯，怎麼樣，給我們玩玩吧？」

高個子這話一出，雪妹氣得臉色煞白，她騰地衝上前一步，指著那高個子叫道：「你！你說什麼？阿福，上前砍了他的腦袋！」

雪妹的喝聲又急又厲，那句「上前砍了他的腦袋」的話一點也不似造假，孫樂不由得睜大了眼。

就在對面的三位青年同時臉上變色時，五公子伸手放在了雪妹的小手上。他修長如玉的手這麼一放，雪妹脹得紫紅的小臉便瞬間恢復了正常。

五公子示意雪妹退後一步後，對著那高個子的青年說道：「叔互，這是我表妹，你可失禮了！請謝罪吧。」

叔互早在雪妹喝出時便知道不對了，聞言連忙站起身來，叉手低頭。「失禮失禮，勿怪勿怪！」

雪妹從鼻中重重地哼了一聲，她突然聲音一提，喝道：「孫樂，上前來給各位公子斟酒！」

孫樂站在眾人身後，萬萬沒有想到雪姝在這個時候把自己喊出，她略一猶豫，便低著頭慢步走上前來。

早在雪姝開口之際，眾青年便雙眼放光，滿臉興奮期待地看向五公子身後，他們自是知道，她叫出來的這個是真的侍婢了。

等孫樂一走出，三位公子同時雙眼瞪得奇大，張著嘴巴半天發不出聲音來，那高眺青年指著孫樂的手指都在顫抖。

高眺青年大嘴張了張，又張了張，半天才結結巴巴地說道：「姬五，這是你的侍婢？」他的聲音一落，便爆發了一陣狂笑聲。

狂笑著的是另兩位青年，那高眺青年一句話問罷，自己也加入了大笑的隊伍。他們一個個一邊大笑、一邊砰砰地敲打著石几，直是眼淚都笑出來了。

在這三人的帶領下，他們身後的眾侍女婢僕都跟著大笑起來，就連孫樂旁邊的雪姝也格格嬌笑不休。

雪姝嬌笑中，轉過頭雙眼笑意盈盈地望著五公子，頗為得意地叫道：「五哥哥，我這一招使得好不好？你看他們可都笑傻了。」

她笑靨如花，聲音嬌柔甜美，說這話的時候實在是可愛至極。

可是漸漸地，她卻有點笑不出來了。

因為她旁邊的五哥哥冷著一張臉，瞟也沒有瞟自己一眼，那神情分明是生氣了。

就在雪妹張大小嘴，一臉不解的時候，對面眾人的笑聲也在慢慢止息。那清秀少年一眼便感覺到了五公子神情不對，他連忙住了嘴，他這一住嘴，身後的奴僕也漸漸止住了笑。

到了最後，只有那高眺青年還在笑個不停。他捂著肚子「哎喲哎喲」地笑著，渾然無視五公子那不悅的表情。

高眺青年直笑了半晌才停嘴，笑聲一止，那圓臉微胖的青年率先開口了——

他盯向孫樂，提高聲音喝道：「妳這賤婢！如此之醜居然也敢出現在大雅之堂？」

孫樂在眾人的哄笑聲中一直靜靜地看著前方，面無表情，聽到這圓臉微胖青年的喝聲後，她目光微微一轉，迎上他的雙眼，靜靜地回道：「天地稟陰陽二氣而生人，我雖然醜陋，也是父母所生，天地所育，有什麼不敢出現的？」

孫樂這句話清清朗朗，溫溫和和地傳入了眾人耳中。幾個青年頓時睜大了眼，不敢置信地看著她。

要知道，這個時候的民智極低，知識被少數貴族所把持，孫樂這話中的第一句「天地稟陰陽二氣而生人」，可不是一般的賤民所能說出的！而且她態度從容，表情溫和自在，這份氣質更不是普通的侍婢能擁有。

這個時候，就是五公子也側過頭看向她，清冷的目光閃動，其中不無驚異。

那清秀少年睜大雙眼，朝她打量了兩眼後轉向五公子笑道：「你從哪裡弄來了這麼一個賤婢？」

五公子嘴角一揚，淡淡回道：「她有才華，已賜名字叫孫樂，乃是士而非賤民。」

啊？

雪姝在一旁驚訝地睜大眼，發出一聲低呼來。

她現在終於明白了，自己剛才取笑了孫樂的時候，五公子為什麼不高興，因為他已把孫樂當成士了！在這個時代，士是值得尊敬的有才之人才能獲得的稱號。姬府中食客數百，可能稱得上士的也不過是其中的三分之一。孫樂區區一個賤姬，居然被五公子當成士看待?!而且還准她有姓！

孫樂也是抬起頭看向五公子，她直到現在，才真正明白五公子令她另取名字的涵義。

這時刻，她的心中暖暖的一片，突然之間有點明白了「士為知己者死」的由來。

那高眺青年對這一切都漫不經心，他不停地拍打著石几，哇哇叫道：「姬五，你可真是沒有眼光！女人嘛，再有才又能怎麼樣？貼身放在身邊的一定要是美人！是美人！聽到沒有？至不濟也得是個正常的女人，你這個『士』……啊，讓人一看就食之無味，寢之噩夢，怎可放在身邊作為侍婢？」

高眺青年的叫囂顯然沒有被另兩人放在眼中，那清秀少年雙眼還在盯著孫樂打量。

孫樂感覺到他灼灼迫來的目光，一個念頭突然出現在腦海中：看來我的面容真的是好了不少了，要是以前，這人怎麼能盯得這麼久都不吐？

清秀少年盯著孫樂，忽然一笑。「姬五這個醜婢，我還真的有點感興趣了。她一個女人，又這麼醜，要做出很大的貢獻才能被姬五當成『士』吧？這樣想想，我還真的好奇啊！」

他的話引得旁邊圓臉微胖的青年連連點頭。

清秀少年沈吟了一會兒後，看向孫樂問道：「妳剛才提到了『陰陽二氣』，那以妳的看法，妳與我等都是稟陰陽之氣而生成，可為什麼妳卻醜得超乎常人，而妳家五公子卻是齊地第一美男？」

五公子是齊地第一美男？

孫樂心臟一跳，她迅速地按下有點鼓躁的心，頭微一低，靜靜地回道：「天地之氣，陰陽之氣，也有善惡地域之分。」說到這裡，她露出一個淺笑來。「如公子，那是天地孕育時以精華為塑，以清泉為液，以月華為氣，以玉為肌而塑成。」

在眾人驚異的目光中，孫樂露出一抹苦笑來。「至於我，那是天地孕育世人時隨手弄出的，祂在把我弄出後再隨手一扔，便使得我臉孔先落地，身體掉入沼澤……」

孫樂一句話還沒有說完，一陣大笑聲又此起彼伏了。不過這一次的笑聲中，眾人看向孫樂的眼神已有了一些好感。

雪妹也在旁邊格格直笑，渾然忘記了剛才五哥哥不理她，自己應該繼續生氣的。

那圓臉微胖的青年笑得最歡，他雙手齊伸，同時拍得石几「啪啪」作響。一邊拍動，他一邊對著五公子樂道：「原來如此、原來如此！怪不得這女子如此之醜，你也放在身邊了。」

她雖然面目可憎，言語卻極是有趣、極是有趣！哈哈……」

在眾人的笑聲中，五公子的目光中瑩光流動，靜靜地打量了一會兒孫樂。他的嘴角微揚，一抹笑意在臉上隱隱地流出，顯然他的心情也是甚好。

那清秀少年嘖嘖連聲。「『以精華為塑，以清泉為液，以月華為氣，以玉為肌』？好才啊好才！姬五啊姬五，沒有想到你小子還真有點眼光！」

五公子嘴角微揚，朝孫樂瞟了一眼。

孫樂明白他的意思，便悄步上前，給三位青年以及五公子各斟起酒來。

四人靜靜地接受了她的斟酒，孫樂斟完酒後，長袖一斂，身子微微後退，轉眼又隱到了五公子身後。

孫樂雖然有才，卻也不可能使得幾位尊貴的青年把太多精力放在她身上，她這一退正是時候。

轉眼，幾人便高談闊論起來。

他們所說的話，多是一些公卿間交遊的事。孫樂對這個世界很有興趣，便認真地傾聽著。

這樣聽了半個小時後，那高眺公子便鬧著要看歌舞美人，五公子只得帶著他們下了亭臺，向主院走去。

孫樂走在阿福身後，輕聲說道：「福大哥，我可退否？」

阿福點了點頭。「退吧。」

「喏。」

孫樂退下後，並沒有馬上回到西院，而是來到書房又整理了一個書架的竹簡，整理後又看起竹簡來。

這些竹簡，一卷不過數百字，孫樂並不是細求經文奧義，她現在主要是認字，認那些自己還不曾識得的隸書。

她原本便識得一些，慢慢的邊看邊印證，兩個小時後，一卷竹簡上數十個陌生的隸書她已認得個十之七、八。

這時時間也到了，孫樂把竹簡放好，轉身向外走去。

她剛走出院子，便在林蔭道上與五公子正面相遇。

五公子如明月般俊美，如湖水般清澈的雙眸靜靜地看了她一會兒後，在越過恭然肅立的孫樂時溫和地說道：「今天妳的表現很不錯。」他從袖中掏出一錠銀兩。「這是賞賜。」

孫樂低頭接過，平靜地回道：「多謝五公子賞。」

五公子點了點頭，那明澈的眼睛落在了她的臉上。「無須太在意面容，妳已經比來的時候好看很多了，相信妳會越長大越出挑的。」

他居然在乎我的心情？

孫樂大是感動，她低下頭，聲音沙啞地回道：「承公子吉言！」

直到五公子和阿福走了很遠後，孫樂的心還在怦怦地亂跳著。她的眼中有點酸澀，可她的心卻是飛揚無比。

五公子注意到我了！他不但注意到我越來越好看了，他還安慰我呢！

孫樂緊緊地閉上雙眼，她的嘴唇抿成一線，眼角有淚花沁出。

低下頭，伸袖拭去眼角的淚花，孫樂轉身便向自己的木屋衝回。

她實在太高興了，她好想大喊大叫，好想好想告訴所有人自己的快樂。可是她不能，她只能按住激動的心情。

當孫樂出現在西院時，她那脹紅的臉、亮晶晶的眼睛，再次向所有的女人宣告了她的快樂。眾女一臉妒意地看著她如一陣風般捲過院落，衝回了家。

孫樂一直跑到自家的木屋前，才按住胸口喘息起來。

現在正是晚霞滿天之時，孫樂一進地坪便叫道：「弱兒、弱兒！外面很好看呢，你待在這裡幹麼？」

弱兒不緊不慢的聲音從屋裡傳來。「又有了開心事？」

大門吱呀一聲，弱兒出現在門檻上，他看著一臉歡悅的孫樂，從鼻中發出一聲輕哼。

「五公子又說了什麼話？看把妳樂的！」

孫樂朝他擠了擠眼睛，一個箭步衝到弱兒的身邊，袖子在他面前一晃，讓那錠銀子的光芒閃過弱兒的眼。

「嘿嘿……」孫樂笑得見眉不見眼。「弱兒，我們有銀子了，走，現在就找集市去！」

弱兒早就待悶了，聞言也是一喜，臉上的不快全部消失了。

兩人在木屋裡待了一會兒，直到外面不再有人伸頭伸腦地探看時，兩人才咻咻地溜向後院，來到圍牆處。

兩人自從餐餐加肉後，力氣看著見長，那兩公尺的石牆，不費吹灰之力便爬了過去。

兩人手牽著手，蹦蹦跳跳地向集市方向跑去。孫樂雖然從來沒有去過，卻早就從阿福等人的閒話中知道了大約的方向。

孫樂一邊走，一邊把今天的事跟弱兒說了一遍。

她說完後，轉頭雙眼亮晶晶地看著弱兒，期待著他的誇獎。

弱兒頭一揚，抬起下巴不快地說道：「我長大後會比五公子更俊。」

孫樂沒有想到說了半天，他的第一反應會是這個，當下又是好氣又是好笑。她瞟了弱兒一眼，輕哼道：「你濃眉大眼，臉形稍硬，就算長大了也不是五公子那類型的美男子。」

弱兒這下不快了，他鼻孔朝天，連連哼了幾聲。

哼哼中，弱兒又說道：「男子漢大丈夫，當勇武剛硬，美那是娘兒們喜歡的事。」

孫樂不由得笑了起來，她一邊樂一邊伸指在弱兒的額頭上叩擊著。「喲喲，這話可真是轉得快呀！剛才是誰說『我長大後會比五公子更俊』來著？」

弱兒小臉一紅，眼珠子一轉，笑嘻嘻地岔開話題說道：「姊姊，我剛才吃的晚飯又和從前一樣了，甚至分量還多了些，看來那陳副管家有點畏了。」

孫樂呵呵一笑。「那是，他肯定會畏的，我估摸他過陣子還會向我示好呢！」

兩人踩著夕陽，手牽著手晃悠著，蹦蹦跳跳向前走著。

孫樂這次來的目的，一是逛一逛這個時代的集市，二來便是買一些鹽類的必需品，同時還弄到了一只大的敞口陶鍋，並買了足有一兩銀子的稻米。稻米在這個時代也是很珍貴的主食，她這一兩銀子才買到二、三十斤。最後，孫樂猶豫了好久，還是買了一面銅鏡。不過她把這鏡子包得死死的，準備過幾個月再打開看一眼。

等太陽沈入地平線的時候，孫光背後的竹簍已經裝滿了東西，弱兒背上也揹著一袋稻米，而她手中也只剩下了兩百個刀幣了。

孫樂煮了一大鍋的米飯，割下一塊帶點肥的野豬肉，再拿出一點山藥片，然後用剛購買來的椒子等佐料弄好，用竹片充當鍋鏟，美美地炒了一碗山藥野豬肉片，再多多地放下野豬油炒了一份乾馬齒莧。

她這是第一次用炒的。

這裡鐵器珍貴，根本就沒有鐵鍋買，而如陶鍋、砂鍋則容易鏟破。

不一會兒，野豬肉的香味便遠遠地飄了出去。

弱兒站在孫樂的旁邊，一個勁兒地嚥著口水，孫樂也好不到哪裡去，到了後面她已肚子作雷鳴。

當飯菜都熟了擺到石桌上時，兩人睜大眼看著手中的米飯，再望一望那大鍋的野豬肉，又望著那一碟油光發亮的馬齒莧，突然有一種想要流淚的感覺。

兩人吃得十分小心翼翼。

食物入口的時候，兩人連舌頭都差點咬破了，孫樂努力地控制自己大口吞食的衝動，暗暗想道：原來能吃上這麼一頓飯，居然是這麼的幸福！

弱兒越吃越快，孫樂也是，越到後來，兩人越是運筷如風。

不一會兒工夫，馬齒莧和鍋裡的野豬肉已經一掃而空，而那足有一斤稻米的飯也給吃了個乾乾淨淨。

兩人望著一掃而空的鍋和碗，同時滿足地打了一個嗝。正在這時，坪裡傳來了一個女子的說話聲——

「小姐，我們還是不進去了。」

這個女子的聲音有點耳熟，卻想不出來是誰。

孫樂和弱兒相互看了一眼，同時站起身來。

一個嬌氣的聲音響起——

「為什麼不進去？本小姐只是想問問十八姬吃的是什麼東西，我用銀子買還不行嗎？」

這是十九姬的聲音。

孫樂這時才知道是這鍋野豬肉惹的禍。她那些弄好的野豬肉全部放到了浴房中掛著，眾女一直不知道他們兩個孩子弄了這麼多珍貴的肉食呢！

孫樂站起身來，收起碗和鍋，轉身向廚房走去。

這時，外面那應該是侍女的聲音傳來——

「小姐，她現在有名有姓了，叫孫樂，妳不能叫她十八姬的。」想了想，侍女說道：「小姐，還是我去問問？」

十九姬傲慢地說道：「去吧！」

一陣腳步聲傳來，不一會兒，那侍女一邊輕叩著門，一邊輕喚道——

「孫樂？孫樂？」

房門吱呀一聲打開，孫樂站了出來。

第五章　豐衣足食有妙才

房門這一開，那股肉味更是四散飄開。那侍女情不自禁地嚥了一下口水。她看著臉色平靜的孫樂，有點不好意思地說道：「是這樣的，我剛才在外面聞到妳這裡傳來陣陣食物的濃香，十分誘人，我想問問妳剛才弄了什麼？可不可以買一些？」

孫樂早在聽到主僕兩人的對話時，便在思考這個問題：要不要再炒一份賣給她們呢？這可是有錢的主啊！

孫樂還在猶豫，弱兒已走到她身後說道：「那是我家祖傳的一種技藝，不可賣的。」

孫樂根本沒有想到弱兒會這麼回答，她睜大眼詫異地看著他。

那侍女也沒有想到會聽見這個答案，她怔在當地，一時不知說什麼的好。

倒是十九姬，她本來就站在門外，當下騰騰地衝了過來，下巴一抬，傲慢地說道：「小子，別給臉不要臉！」

孫樂本來還有點怪弱兒自作主張，一聽十九姬這句話，不由得臉一沈，淡淡地說道：「兩位請回吧。」說罷，她伸手便要關門。

十九姬氣得豔麗的臉通紅，她伸手指著孫樂，叫道：「妳這個醜八怪！妳不要以為自己當了五公子身邊的侍婢就很了得——」她還待再罵，身邊那侍女已迭聲打斷她的喝罵。

「小姐、小姐，別說了，別再說了！」扯著她的手往回走去。

兩人一離門，孫樂便把房門給緊緊地關上了。她和弱兒走回石桌處時，外面還時不時地傳來兩主僕的罵聲、勸導聲。

弱兒聽著聽著，轉頭看向孫樂，雙眼亮晶晶地說道：「姊姊，我發現妳強硬了些喔！」

孫樂笑了笑，低聲回道：「現在是情況不同了，我可以不用受這種姬妾的窩囊氣了。」說到這裡，她盯向弱兒，不解地問道：「弱兒，你為什麼不要我賣？你知道，也許它能換來很多金銀呢！」

孫樂說到金銀時，不由得雙眼發亮。

弱兒輕哼一聲，扭過頭不理她。

孫樂叫道：「弱兒、弱兒，你說呀！」

弱兒騰地一聲背轉過去不理她。

孫樂這下可糊塗了，她從他的背後探過頭去一瞅，弱兒的臉色很正常啊，不像是生氣。那他這是什麼意思？

孫樂想了一會兒，又叫道：「弱兒，你為什麼不解釋一句？只是解釋一句。」

弱兒蹭地站起身來，衝到了偏院自己的床上躺下，還把獸皮蓋在了臉上。

孫樂看到這時不由得有點好笑，她搖了搖頭便不再追問。

時間在平靜中慢慢過去，陳副管家果然在一天晚上令人送來了一攤子家具，如榻和几，還有被子及給弱兒和她的一些衣服、鞋子。現在寒風凜冽，有了這些東西便可以不畏寒了，孫樂連忙登門拜訪，表示了感謝。

孫樂依舊每天到五公子的書院去兩次，不過她一直沒有碰到五公子，也不知他去哪兒了。轉眼間春天已到，天地一片新綠。而這個時候，孫樂已把他書房中的竹簡擇主要的內容給熟記如流。

孫樂和弱兒兩人站在木屋的牆壁旁比劃著，孫樂笑逐顏開地說道：「弱兒，你可壯了高了很多喔！」確實，這樣天天食肉，現在的弱兒已恢復了十一歲男孩子的體格，還略顯粗壯。

弱兒雙頰紅撲撲的，笑逐顏開，孫樂見他笑得歡，便轉身向臥房跑去。

她一直跑到床邊，趴下身子鑽到了床底下掏啊摸的。

弱兒大是好奇，他小跑到孫樂身後，也趴在地上向她看去。

只見孫樂在黑乎乎的床底下找了好一會兒後，終於拿出一個包得緊緊的小包來。不一會兒，孫樂爬出了床底。

孫樂灰頭土臉地一鑽出來，便對上同樣伏在地上的弱兒，不由得一笑。「弱兒，你這是幹麼？」

弱兒連忙站起身來，跳到她身邊便去搶那個小包。

孫樂手一揚，把小包高高舉起說道：「這可是易碎的東西，別搶了。」說罷，她轉身衝到了几前。

把小包放在几上，孫樂幾次伸手去解那小包，幾次手都有點顫抖。她不理一旁好奇而納悶的弱兒，咬著牙自言自語地說道：「不行，還是先洗一把臉再說。」

她想到這裡，便把小包放下，人也如一陣風一樣捲出了房間。

弱兒見她一走，忙跑到几前迫不及待地把小包打開。

孫樂剛跑到井水旁，便聽到屋子裡傳來了弱兒的爆笑聲——

「哇哈哈哈……不過是一面銅鏡呢！姊姊妳居然把它當成了什麼寶貝！」

他的笑聲實在太響亮了，令得孫樂有點臊，她紅著臉哼了一聲，扭過頭專心洗起臉來。

弱兒翻來覆去地看著手中的銅鏡，聲音放低，很是不解地嘟囔著。「照鏡子又不是醜事，姊姊用得著這麼小心、這麼緊張嗎？」

孫樂這時已來到門外，聽到弱兒的自語聲，她嘴一噘，暗中想道：你這個小屁孩怎麼會明白一個女孩子的心？

她看著被弱兒擺在几上的銅鏡，深吸了一口氣，才向它大步走近。

慢慢地走到銅鏡旁，孫樂深吸了一口氣，伸手堅定而緩慢地把銅鏡擺正，面對著自己。

一個女孩的臉出現在鏡子中！

女孩臉紅撲撲的，雙眼明亮，頭髮泛黃但不再稀疏。

她的臉上，坑坑窪窪還在，不過那青紫發黑的顏色已經平復得差不多了，粗看上去與旁邊的皮膚沒有多大區別。

只是一眼，孫樂的眼中便是一紅，兩行眼淚慢慢地順頰流出。

終於，她的面目看起來不再醜得顯眼，不再醜得讓人發堵了！

她現在這副樣子，走在最貧窮的集鎮上時，應該不會比那些窮苦人家出身的、又黑又乾又瘦小的女孩子兒醜了吧？

孫樂，加油！再努力一把，妳就不比府中的普通丫頭差了。只要再努力一點、再好一點，應該就沒有人會罵妳是醜丫頭了。

而且，孫樂發現自己身上、手足上帶著青暗的膚色也好轉了不少，漸漸接近正常了。

弱兒坐在一邊笑咪咪地看著她的一舉一動，見她臉露喜色，不由得小嘴一癟。「一會兒緊張一會兒笑成這個樣子，真是想不明白。」

孫樂突然轉頭對上他，雙眼亮晶晶的。「弱兒，你沒有發現我變好看了嗎？」

弱兒歪著頭認真地看著她，在孫樂的期待中，半晌後搖了搖頭。「我天天看著妳，沒有感覺。」

孫樂大是鬱悶。

「但是……」弱兒聲音一提。「我知道妳又長高了，妳現在比我高了一個半指節了。」

現在換成弱兒鬱悶了，孫樂嘿嘿笑得十分歡快。

孫樂伸手支著下巴，望著鏡子裡面的自己，越看越是舒服。她以前一看到自己這張臉便胸口發堵，這好不容易不發堵了，她心中的快樂真是難以形容。

孫樂的快樂一直持續到她來到五公子的院落前。

一進院落，她便看到一條油亮的水牛車停放在院子中，一個僕僮正把那條牛牽走。

這是誰來了？

孫樂還在奇怪時，幾個月沒見的阿福在右側邊衝著她揮手笑道——

「喲，孫樂來了？還真是女大十八變啊！只不過幾個月不見妳，就變得好看很多了，不再是醜八怪了。」話是這樣說，阿福打量她的目光中還是帶著幾分探詢。

阿福這句話一說出，孫樂歡喜得見眉不見眼了。緊接著，她心中咯噔了一下，連忙小跑到阿福面前。「福大哥，你跟五公子回來了？」

阿福笑了笑。「是啊，回來了。這個年都是在外面過的，還真有點想家啊！」他說到這裡，見孫樂時不時拿眼瞟向竹林裡面，不由得笑了。

五公子遠遠地對阿福說道：「阿福，把車上的竹簡給搬到書房去吧。」

說罷，五公子和雪姝手牽著手逕自轉入岔道離開。自始至終，他都沒有發現孫樂也在。

阿福應了一聲，回頭對孫樂說道：「孫樂，妳還愣著幹什麼？過去搭一把手。」

「喏。」

孫樂把竹簡幫忙搬到書房後，便開始整理書房，閱讀五公子帶回的竹簡。

她正看得入神之際，一陣腳步聲從外面傳來，那從容優雅的腳步聲一入耳，孫樂便馬上知道五公子進來了。

她連忙放下竹簡，退到几後。

五公子一身白色綢衣，丰神如玉，他一進來便看到了孫樂。

對上孫樂，五公子怔了怔，奇道：「咦？妳的臉好了很多啊！」

孫樂眼睛眨了眨。咦？他怎麼說我的臉好了很多？好似我以前是生了病、中了毒才那麼醜似的。

五公子見她愣住，笑了笑走到書架旁。他翻開了兩個竹簡，順手放下又轉到後面的書架去。

孫樂見他在尋找著，便輕聲說道：「五公子，你要看哪一篇？」

五公子皺眉道：「齊地志。」

孫樂走到他身側，從書架上拿出一卷竹簡。「五公子，這個便是。」

五公子接過竹簡，翻了翻後笑道：「還真是呢，妳找得很快呀！」

孫樂溫馴地應道：「稟五公子，第一、二個書架放的是五公子常看的各地雜記，第三四五六書架放的是經史和各家學說——」

她話還沒有說完，五公子便把竹簡放下，饒有興趣地打量著她。「妳居然如數家珍，難道這些妳都看過？」

見孫樂並沒有反對，五公子驚訝地說道：「我這書房中的竹簡，少說也有五、六千冊，妳居然在這麼短的時間內都看了？」

孫樂應道：「只是過了一眼，並不能熟背。」

五公子盯了她一會兒後，點頭道：「妳果然聰明。」

說罷，他便不再理會孫樂，拿著竹簡走到榻上跪坐下，認真地翻閱起來。

孫樂退到他身側角落裡靜靜地站定。

過了好一會兒，五公子忽然說道：「孫樂，妳說這太平盛世可以再延續五十年否？」

孫樂沒有想到他會問起這個，當下略略沈思後答道：「天子分封天下諸侯便是動亂之由，近數十年來各地諸侯紛紛私鑄錢幣，開鑄銅鐵礦，安能再有五十年太平？」

她的聲音一落地，五公子便迅速地轉過頭愕然地望著她。

他的目光炯炯，看得孫樂低下頭來。

五公子盯了她片刻，啞然失笑道：「妳這話可真是說得肯定啊！何不詳細說來？」

孫樂目光微斂，清聲回道：「稟五公子，我只是從竹簡中瞭解了一點東西，從來沒有見過世面，無法詳細說來。」

五公子點了點頭，喃喃自語道：「也對。」

他低嘆一聲，似是無心再看書了，便把竹簡放在桌面上。

五公子怔怔地望著前方的書架，眉頭微鎖，一直都沒有說話。孫樂低眉斂目，也沒有說話。

一陣難堪的安靜後，五公子低低地說道：「這一次，我輾轉了齊、梁、趙三地，雖然只是略作停留，與當地權貴見了幾面而已，卻也感覺到了一些不對的地方。這些諸侯們遍養門客，死士多者數千，一言不合便取人腦袋，令人心中惶惶。」

五公子的聲音低沈，娓娓而談，孫樂靜靜地傾聽著。

五公子的眉頭鎖得更緊了，略一停頓後又說道：「這種事，我問過父親的門客，他們都習以為常。孫樂，妳說這太平日子還可以過上多久？」

孫樂依然低眉斂目，平靜至極地說道：「這個要瞭解了諸侯們的個性才能說清。如果沒有人打破平衡，或許可以撐上二十年。」

「二十年?!」五公子低叫道：「往好的說才二十年？」他盯著孫樂，目光急迫。

孫樂望著有點驚惶的五公子，想了想回道：「五公子，孫樂從來沒有出過家門，對世事所知不多，所言或為虛妄。請公子勿在意孫樂的一家之言。」

五公子聽她這麼一說，勉強地笑了笑。「妳老是強調自己不知世事，也罷，下回有什麼事，妳就與我一起出門吧。以妳的聰明，或許能在關鍵時助我一臂之力。」

「公子垂青，孫樂不敢不從命。」

「回去吧，開春了，正是雜事繁多的時候，也許過半個月妳就有出門的機會了。」

正在這時，一個含著鼻音的少女聲音從門外傳來——

「放我進去！放我進去！我要面見五公子！」

那少女的聲音有點耳熟，孫樂正尋思間，聽到旁邊的五公子喝道：「什麼人？居然如此吵鬧不休！」

他的聲音清貴而威嚴，一傳出，外面的叫聲便是一頓。

可是剛安靜不到片刻，那女聲陡然把聲音一提，又叫道──

「姬五！你怎能如此過分？我到了你府中也有半年了，這半年來，我竟是見你一面而不可得！你怎麼能這樣？」

說到這裡，那少女嚶嚶地哭泣起來。

孫樂這時已經聽明白了，那哭泣的少女正是十九姬。

她轉過頭，見五公子眉頭微皺，表情有點疑惑，便低聲說道：「她是十九姬，好似是什麼姓莊的大戶人家的女兒。」

五公子這才恍然大悟，他輕哼一聲。「怎麼讓她鬧到這裡來了？孫樂，妳去打發一下。」

孫樂一怔，低聲應道：「喏。」

她慢慢地向門外走去，一邊走一邊暗暗叫苦：打發一下？五公子說得可真是簡單。十九姬要是這麼容易打發，她就不會令阿福都頭痛了啊！

她走得很慢，不停地思索著，而門外十九姬的哭聲已是越來越淒厲了。孫樂雖然還有點小聰明，可對付這種場面是一點想法也沒有。

當孫樂出現在房門口時，十九姬正被兩個劍客反鎖著手臂，緊緊地拖在原地不讓她朝前闖。她淚水橫流，頭髮微亂，已是花容失色。

十九姬一聽到腳步聲，便迅速地抬起頭來。她一見到來的人並不是五公子而是孫樂時，雙眼中不由得露出無比的失落來。

孫樂徑直走到她面前，十九姬看到她走近，雙腳朝後一陣亂踢，被反剪的雙臂一陣亂甩，叫得聲嘶力竭。

「醜丫頭，五公子呢？我要見五公子！妳這醜丫頭憑什麼來見我？」

在十九姬的尖嚎中，孫樂走到她身前半公尺處站定。她靜靜地盯著十九姬，一言不發。

也許是孫樂的眼神太過平靜，平靜得讓十九姬心慌，也許是孫樂的目光中微帶憐憫，憐憫得讓她受不了。

十九姬慢慢地停止了尖叫和掙扎，她昂起帶著青紫的俏臉，雙眼惡狠狠地瞪著孫樂。

「醜八……醜丫頭！」她本來是要叫「醜八怪」的，可孫樂現在的樣子已經說不上很醜了，所以她叫到一半又改了口。「妳盯著我做什麼？我要見的是五公子，妳還不給我滾開！」

孫樂對上她微紅的雙眼，靜靜地對身後的一個侍女說道：「去拿面銅鏡來。」

「喏。」

那侍女奔跑如飛，不一會兒便拿了一面銅鏡過來了。

在眾人的疑惑中，孫樂把銅鏡伸到十九姬的面前，徐徐地說道：「十九姬，看看妳自己！看看妳現在是什麼樣了！」

十九姬頭一扭，倔強地不去看鏡中的面容，她咬牙切齒地說道：「我再美、再有儀容又怎麼樣？半年了！足足有半年了！這半年中我一天又一天地守著日頭昇起，日頭落下，就是盼著他能過來。可是呢？可是我還不如妳這個醜丫頭！至少妳還可以待在他的身邊看著他！」

十九姬的聲音淒惶中帶著深情，讓人聽了心中泛酸。孫樂苦澀地想道：五公子啊五公子，你欠的情債何其多也！

孫樂靜靜地等著十九姬說完，等她喘氣休息時，孫樂慢騰騰地收回銅鏡。「不錯，妳很美，家世也不錯，可是五公子就是把妳晾在一旁便是半年，看也不看一眼。十九姬，妳有沒有想過，西院中癡迷於他的女子中，又有幾個長得比妳差的？妳就不能另外想想法子，來一步一步地讓五公子對妳刮目相看，來一步一步地接近他，讓他注意妳的與眾不同嗎？妳在這裡撒潑叫罵，難道這是讓一個男人喜歡妳的方式？」

孫樂這一席話娓娓而談，直聽得十九姬一愣一愣的。

孫樂一邊慢慢地說道，一邊在心中暗自發笑：看來效果不錯，也許能把她勸回去。

孫樂現在一門心思只想盡快把十九姬給打發了，反正以後她要是再來了，阿福自會應付。

十九姬怔怔地看著她，看得十分認真，一臉的若有所思。過了好半晌，十九姬幽幽嘆道：「妳是說，學妳？」

孫樂一噎，她眨了眨眼，半晌才笑道：「我長得醜，可不敢有非分之想。妳美麗聰明，能想的法子多得是，無須學我。」

十九姬靜靜地盯了她兩眼後，慢慢地掉轉頭。

看到她轉頭，兩個劍客把手一鬆，任十九姬走了出去。

孫樂一看到十九姬離開，不由得長長地吐了一口氣。她抿著唇，望著十九姬的背影，低聲對自己說道：「癡者苦！求不得最苦！人生本已多苦楚，何必呢？何必呢？」

她的聲音剛剛一落，身後一個清悅的聲音便傳來——

「癡者苦？求不得最苦？孫樂，這兩句話可以回味再三。不止是這兩句，妳剛才所說的一席話，不似妳這種年齡說得出口的。」

正是五公子的聲音。

孫樂一聽，身子不由得一僵。

這時五公子緩步走到她的身邊，他瞟了一眼逐漸隱入竹林中的十九姬，轉頭對上低頭不語的孫樂說道：「妳小小年紀，想不到這話說得卻是老氣橫秋。孫樂，妳居然在這裡教十九姬如何接近我？」

孫樂連忙小聲應道：「罵她凶她打擊她已無用。」

五公子瞟了她一眼，沒有回話便轉身離開。

孫樂直到他離開後，才轉身往回走去。當走出五公子的院落時，她伸袖拭了拭額頭上的汗水，暗暗忖道：做這種事還真是裡外不是人。

孫樂回到西院時，西院的眾女時不時地伸出頭來向她問一聲好，這個變化是近幾個月才有的。也許這些女人終於想通了，知道孫樂這人長得不好，性格也不惹事，又是五公子身邊的人，實在沒有必要把她當成敵人，那樣沒有好處呢！

當孫樂回到自家的地坪中時，正好瞟到圍牆處溜進了一個小小的身影。那身影如猴子一樣，動作俐落，熟練至極，顯然已爬牆過無數次，可不正是弱兒？

孫樂笑了笑，這個弱兒近半個月中經常爬牆外出，問他卻什麼也不說，也不知幹麼去了。

弱兒躡手躡腳地溜進了房門，他雙眼一轉，便看到孫樂站在臥房整理著床鋪。

「姊姊！」弱兒衝到孫樂面前大聲叫道。

他的聲音中充滿了歡喜，孫樂轉過頭來看著他，上下打量一眼，笑道：「都成泥猴子了，還不快點去洗乾淨？」

弱兒雙眼亮晶晶地看著她，聲音朗朗地說道：「姊姊，我長大後娶妳當正妻喔！」

他這是突然說起，孫樂不由得吃了一驚。她詫異地盯著弱兒，盯了半晌後失笑道：「你怎麼突然說起這個來了？」

弱兒的雙眼十分光亮，他癟了癟嘴。「我很認真的，而且我也做得到。姊姊，妳以後會很歡喜的。」他點了點頭，十分認真地說道：「會非常非常歡喜！」

孫樂忍俊不禁地連連點頭。「好的好的，我一定會很歡喜的。我的弱兒準備長大後娶我呢，嘻嘻！」

弱兒很嚴肅地點了點頭。「嗯，妳歡喜就對了。不過姊姊，我知道妳喜歡五公子，妳可不能讓他碰了妳喔，不然我會很麻煩的。」

孫樂嘴角上揚，笑道：「好、好，我不會讓他碰我。」說到這裡，她聲音一低，苦笑道：「我長得這麼醜，也只有我的弱兒才會擔心有別的男人看中我了。」

弱兒癟嘴說道：「那些娘兒們都在說妳越來越好看了。」

孫樂聽了心中一喜，笑得見眉不見眼。「真的？真的？她們都說什麼了？」她實在笑得太歡了，幾顆白牙亮晶晶的在太陽下發著光。

弱兒見到她這個樣子，輕哼一聲，鼻孔朝天不去理她。

孫樂走到他面前，笑逐顏開地把臉湊到弱兒面前。「弱兒，說說嘛，姊姊喜歡聽呢！」

弱兒手一伸，啪地一下在她的臉上印了一個泥掌印。「別鬧了，這麼大的人還鬧！」他很嚴肅地喝出這句話後，身子一縮，便溜到了門外。

孫樂直到他的身影出了房門時，才瞟到他那烏黑的爪子，也才記起他那一身的泥土。當下她伸手朝臉上一摸，摸出一把泥後不由得怒道：「弱兒，我要殺了你！」

她踩得泥土地蹬蹬作響，氣勢洶洶地向門外跑去。剛出門，便看到弱兒提了一桶水進了房。

弱兒提著井水與孫樂大眼瞪著小眼。「姊姊，我還沒有正式娶妳呢，妳就準備服侍我洗澡啊？」

他看到孫樂睜大眼，傻乎乎地望著自己，顯然被自己的話給驚住了。弱兒大樂，他一邊彎腰提著水桶繼續朝裡面走，一邊吩咐道：「姊姊，我今天很高興，我要吃肉！我還要吃妳炒的菜！」

孫樂轉頭看著他進入浴室，癟著嘴鬱悶地說道：「不弄！不炒！才不炒呢！」說是這樣說，她還是轉身朝廚房走去。

弱兒把桶子放下，回過頭衝著她的背影做了一個鬼臉。

野豬肉已被兩人吃了大半，狼肉也所剩無幾，而那些稻米，則早就吃完了。孫樂炒了一點兔肉，加上現在正是春暖花開之時，野菜很多，於是拔了一大把薺菜，細細地挑揀乾淨。

她手腳麻利，當弱兒洗完澡時，她已把姬府送來的麵食重新溫熱了，肉也炒熟，正在炒著薺菜。

薺菜的清香混合在肉香中，遠遠地飄了開去。

隨著這兩種菜香遠揚，一個個少女從自家木屋裡伸過頭向這邊看來。

圓臉侍女小心地看了一眼自家小姐，低聲說道：「小姐，我們回吧，上一次那男孩就說了，這菜不能外傳的。」

十九姬豔麗的臉上帶著幾分堅決，她一眨也不眨地看著在廚房中忙碌的孫樂兩人，低聲說道：「我知道的。」

「那，我們走吧？」

「不走！我有法子的。」

孫樂這時把青菜也炒好了，她把兩只陶碗一併放在几上，給弱兒盛了一碗飯，再慢慢地吃了起來。

正在這時，一陣腳步聲從門外傳來，不一會兒，那腳步聲在房門外停下，十九姬的聲音傳來——

「孫樂，我有事找妳。」

孫樂剛抬頭，門吱呀一聲，十九姬已走了進來。

她站在門檻處，雙眼盯了一眼擺在几上的兩樣菜，抬眼對孫樂說道：「孫樂，妳出來一下。」

孫樂放下飯碗，走到她面前。「什麼事？說吧。」

十九姬高挑的眉頭微擰。「妳今天說的話我回去後想了想，覺得有道理。我想向妳學習。」一見孫樂要開口，她又繼續說道：「我可不是想學妳那招逢迎討好的招數，我要妳把這些菜的做法告訴我。」

她伸手朝著几面上的兔肉和薺菜一指，喉中滾動了一下。

孫樂覺得有點好笑，這十九姬怎麼說話的？有求於人還一副高高在上的態度？

她哪裡知道，這些女人從來都認為她出身低下，雖然她會識字，還有了姓，可她就應該是賤民！對於這個身分的孫樂，她們是想敬都敬不起來。

十九姬指著那兩樣菜，很自然地說道：「妳弄出的菜特別香，我要學會後把它奉給五公子食用，他一定會對我刮目相看的。孫樂，到時我成了妳的主母，會對妳有回報的。」

見孫樂不開口，她又加上一句。「當然，現在我也不是白學，我願意拿出五斤金來學妳這手藝。」

十九姬一直說到現在，也只有這句話入了孫樂的耳中。孫樂一聽到有五斤金，雙眼不由得一亮。

十九姬見孫樂有點意動，下巴一揚，俏鼻朝天地盯著孫樂。

弱兒見到十九姬這副模樣，不由得哼了一聲。「姊姊不會教！妳還是回去吧！」

十九姬瞪了弱兒一眼，轉頭看向孫樂，下巴微抬，一臉傲慢地說道：「妳怎麼說？」

孫樂靜靜地回道：「弱兒的話就是我的話，十九姬妳請回吧。」

說罷，她手按上門，準備關上。

孫樂這種平靜中的漠視，使得十九姬十分火大。她深吸了一口氣。「孫樂，五金已經不少了，妳想要多少？」

孫樂對上她的雙眼，搖頭靜靜地說道：「金子給我我也用不上。弱兒的話就是我的話，妳還是另想法子吧。」

十九姬盯著孫樂，為她的一再拒絕很是惱火。她吁出一口氣，壓抑著怒火說道：「孫樂，妳到底要怎麼樣？」

弱兒蹭地跑到兩人面前，朗朗地說道：「我姊姊只是要妳離開！」說罷，他的手也朝門上一放，用力一關。

十九姬氣得臉色發青，她上前半步，用身子擋住了房門，使得它關不上。她轉向孫樂，冷著臉說道：「孫樂，妳不要太囂張了！」

孫樂笑了笑。「我不囂張。十九姬，妳想站那兒就站吧。」說罷，她牽著弱兒的手向几旁走去，捧起飯碗又吃了起來。

十九姬銀牙一咬，低聲喝道：「孫樂，妳所吃的是兔子肉吧？這肉從何處而來？」

見到孫樂和弱兒抬頭看向自己，十九姬眉頭一挑。「你們前陣子吃了不少野豬肉、狼肉吧？那些又從何而來？妳可別跟我說，這是你們買來的！孫樂，你們是從這後山自己弄來的吧？姬府也少了肉食，為什麼自己不去後山捕獵野獸，妳明白這其中的緣故嗎？」

十九姬說到這裡，下巴一抬，極其傲慢地說道：「如妳這樣出身低賤的人，又怎麼會明白這個道理？我告訴妳！這後山所有的野獸，都是為了秋時的狩獵節而留用的。到了狩獵節，各地城主會來，姬府的本家會來，連齊侯也會來！孫樂，如果我把妳私自狩獵後山野獸的事上報，妳會得到什麼下場？」

十九姬說到這裡，抬起下巴得意洋洋地盯著孫樂，等著她驚慌失措。

不過令她失望的是，孫樂並沒有驚慌失措，而是一臉平靜。

孫樂正在尋思著，十九姬這席話聽起來很在理。她從竹簡上看到過，秋時狩獵確有其事，它是這些貴族人家的一個重要娛樂活動。

但是，它的重要性也僅止於此，因為各地都要舉行這種狩獵節，十九姬所說的姬府的本家會來，齊侯會來的話並不足信。同樣是狩獵，他們在自家後山上進行也是一樣。

還有一點，自己這肉食是去年秋天弄來的，到現在都有四、五個月了。各房的姬妾們又不是不知道自己在吃著肉食，為什麼她們從來不說？十九姬以前也不說，直到現在想威脅自己才拿出來說事。

看來這事並不那麼嚴重。

孫樂沈吟了一會兒，慢慢抬頭看向十九姬。

她明亮的雙眼靜靜地瞅著得意洋洋的十九姬，直瞅得十九姬拉下了臉，惱怒地瞪著她，孫樂才慢騰騰地說道：「既然如此，那妳就去上報吧！」

啊？

十九姬顯然沒有想到會得到這個答案，她睜大眼愕然地望著孫樂。

孫樂這時已轉過頭去，慢條斯理地啃起兔子肉來。

十九姬不敢置信地瞪著孫樂好一會兒，見她始終不再理會自己，便重重地哼了一聲，轉身氣沖沖地跑開。

弱兒見她走得遠了，便把房門重新帶上。他坐回原處，望著氣定神閒的孫樂低聲說道：「姊姊，只不過是個小小的狩獵節呢，哪有這麼嚴重。」

孫樂點了點頭，輕聲回道：「這事可大可小，我得找機會向五公子說一說才行。」

第二天，孫樂來到書房中時，五公子早就坐到了几旁提筆寫著什麼，孫樂躡手躡腳地走到他身側。

太陽光透過木紗窗照進來，一束束光亮中，無數灰塵在飛舞，孫樂望著那些塵粒，一時出了神。

直到身邊傳來「啪」的毛筆放下的輕響，孫樂才驚醒過來。

孫樂轉頭看向五公子。太陽光下，五公子嘴邊的汗毛淡淡地映著光，那張俊美至極的臉上也顯得生動多了。

五公子把毛筆扔到几上，長嘆了一聲，伸手揉向額頭。

孫樂走到他身後，低聲說道：「五公子，可要鬆鬆肩？」

五公子回頭看了她一眼，正要點頭，轉眼又搖頭說道：「不用，這鬆肩是侍女所做的事，妳是士，無須自貶身分。」

他的聲音清亮溫和，讓孫樂心中一暖。

孫樂見他似是心情不佳，輕聲道：「五公子，現在正是春暖花開，草長鶯飛之時，何不騎馬踏春？」

五公子打量著她。「草長鶯飛，騎馬踏春？這話說得妙！」

孫樂見他似有點興趣，笑道：「承蒙五公子誇獎。可惜現在正是春天，動物正是孕育下一代的時侯，不然獵一、兩隻野豬來食用，那更是樂趣無窮，記得去年秋天我就用陷阱在後山處弄到了一頭野豬呢！」

五公子笑了笑。「春生夏長，春天是不宜捕獵。」他看向孫樂，表情淡淡的看不出情緒。「沒有想到妳一個小女孩子，居然對捕獵也感興趣？」

孫樂抿唇應道：「我聽老人說過，少年人長身體之時需要常食肉食，方能長得高大健壯，便尋思著弄一些野味來吃。」

她現在這話就說得很明瞭，說完後，孫樂眼皮微斂，心口怦怦地跳了起來。

一陣沈默後，五公子徐徐地說道：「食肉長身體？甚好。但後山乃家族狩獵之處，以後不能去了。」

孫樂大喜，她微微一福，應道：「喏。」她暗暗想道：都說五公子為人寬和善體人意，果然如此。他一聽我說食肉長身體，便寬容了我的所為，他真是一個好人！

五公子把竹簡朝几上一放，站起身來。「跟我走走去。」

「喏。」

兩人走出之時，站在兩旁的侍女都躬身行禮。

五公子慢步踱出，孫樂低頭跟在後面。兩人靜靜地走著，來到竹林處，五公子撫上一根碧竹，望著遠山出了一會兒神。「孫樂，妳說人生最大的歡喜是什麼？」

孫樂微微抬頭，斂目答道：「居有竹，食有肉，出有車，無災難禍患，有至親相伴，足矣。」

「居有竹，食有肉，出有車，無災難禍患？」五公子喃喃唸道，他嘴角略彎。「這並不容易。」他望著孫樂。「孫樂有丈夫之志矣！」

孫樂低下頭來。

五公子見她有點不自在，淡淡說道：「妳容貌已大有好轉，再長大幾歲想來會可人些，到時我幫妳另許一個好人家為妻吧。至於妳所說的大歡喜，那是男人們求的事。」

五公子這席話語重心長，充分體現了一個主人的關愛之情。孫樂低頭不語，她思潮起伏，一時說不出是苦還是甜蜜。

正在這時，一陣腳步聲從側門處傳來。兩人回頭看去，對上了匆匆而來的阿福。

阿福大步走到五公子面前，略略一躬，朗聲說道：「五公子，府主令你速速前去。」

五公子長袖一揚，轉身說道：「那走吧。」

阿福緊跟其後。

孫樂目送著兩人離開後，轉身走入書房中，一直忙到規定的時間到了才離開書房回到西院中。

下午五公子不在，孫樂看了一會兒書便回到房中繼續練習太極拳。她練得汗水淋漓之際，望著空蕩蕩的木房裡，突然想道：弱兒這陣子老是神出鬼沒的，也不知在幹些什麼？哎，不會是有什麼人找到他吧？如果是那樣的話，他豈不是過不了多久便會離開我？

她一想到弱兒離開自己後，自己又要一個人待在這空蕩蕩的房間中，便是一陣失落。

日子在平平淡淡中過去了半個月。這一天，孫樂一大早起來練了會兒太極拳，正準備到井水中提水洗浴時，阿福的聲音從門外傳來——

「孫樂，在不在？」

孫樂連忙應道：「在呢。」

阿福叫道：「五公子令妳速速前去，他在正門外候妳。」

孫樂連忙應了一聲，心中卻納悶地想著：五公子在正門外候我？難道是要出遠門了？

想到要出遠門，她心中不由得大是期待起來。提了井水沖洗乾淨後，孫樂穿上嶄新的麻衣和草鞋，整理了一個小包袱，把那剩下的刀幣留下，在廚房泥土上用石頭寫上一句話——

弱兒，我可能會與五公子出遠門，一個人在家小心。

出門時，她幾次想去把那埋好的金子取出一錠來，卻想著時間太匆促了而作罷。

姬府的大門位於主院處，與孫樂的西院足有兩、三里的距離，孫樂走了好一會兒才趕到門口。她抬頭看了一眼那麻石搭成的、足有三丈高的巨大拱形石門，這地方她一直都沒有來過，也原以為會一直沒有機會來的。

大門外用青石鋪了數百平方公尺的地坪，現在那裡停著二十來輛馬車和牛車，至於跟在後面的驢車就有百來輛了。

馬在這個時代是珍貴物品，平常富裕人家都難得一見。現在那停在最前面的五輛馬車，每輛馬車前都有兩匹高大駿馬。

那二十來輛牛車上，都坐著一些高冠博帶的人，這些人身上都有一種飽學宿儒的氣質，讓人一看就覺得高山仰止。

就在馬車和牛車的旁邊，也擠了十幾個青少年，這些人有的揹著背簍，有的整理著行李。孫樂只瞟了一眼，便發現那些驢車中坐了一些綺貌華年，個個長相都不遜於西院諸女的美麗少女。

孫樂人小，又是個女孩子，地坪中偶爾有人朝她看了眼，便是瞟一瞟便轉過頭去。

孫樂穿入人群，小心地尋找著阿福和五公子的身影。

她尋找了好一會兒，才在第三輛馬車的背面看到了低頭忙碌的阿福。

孫樂心中一喜，她迅速地躥到阿福身後，脆脆地叫道：「福大哥？」

阿福轉過頭來。「怎麼才來？車隊馬上就要出發了。」

正在這時，馬車簾掀開，一張俊逸清冷的臉露出來，這人黑髮飄拂，雙眸如星，可不正是五公子？

五公子看著孫樂，點頭說道：「來了？上來吧。」

孫樂睜大眼，一臉的不敢置信：五公子要我上他的馬車？

五公子見她遲疑，淡淡地說道：「妳是我的書房侍婢，自然侍奉左右。」

孫樂聞言輕應了一聲，走到馬車旁踩在轅門上便向上爬去。這大半年裡，她經常練習太極拳，又擅長爬樹，身手可不是以前能比了。足板在轅門上一蹬，孫樂便躥入了馬車中。

馬車中，五公子正半倚在榻上看著手中的竹簡，兩個清麗的雙胞胎少女正跪坐在他身後，一左一右地給他揉搓著肩膀，鑲嵌在車架上的香爐中正裊裊飄出一縷香煙來。

而五公子本人，穿著一襲月白色的內衫，外面隨意披著一件青色披風。

這時的馬車中，充滿著一股富貴安逸的氣息。

孫樂見狀，慢慢退到馬車壁處，安靜地跪坐著。

不一會兒工夫，車簾再次掀動，阿福也進來了。

阿福來到孫樂左側，同樣跪坐下。「五公子，要出發了。」

五公子點了點頭，並沒有說話。

不一會兒，外面有人吆喝了一聲，馬車便晃動起來。

馬車顛得有點厲害，五公子把竹簡放下，背部向後一倚，靠著榻几閉目養神起來。

阿福轉頭看著孫樂，笑道：「孫樂，這是不是第一次坐馬車？」

孫樂輕應道：「喏。」

阿福讚道：「妳不錯，不管在什麼地方都很安靜。」

孫樂低聲道：「謝福大哥誇獎。」

阿福呵呵笑道：「這不算誇獎，要不是因為妳這一點，五公子也不會臨到出行時想到了令妳一起去。」說到這裡，他頓了頓。「這一次叫妳去，是參加五國之會。」

「五國之會？」

孫樂詫異地問道。

阿福點頭道：「正是，我們齊與梁、陳、燕、趙一起，聚集各地才智之士的一次聚會。」

對著孫樂亮晶晶的眼睛，阿福笑了。「感興趣了吧？這一場聚會可熱鬧著呢，三年才有一次。小丫頭運氣不錯，這次可以好好的見見世面了。」

孫樂驚喜地應道：「喏。」

阿福笑了起來。

這時，五公子淡淡地開了口。「孫樂，唸給我聽。」說罷，他把竹簡扔了過去。

孫樂伸手接過，打開竹簡慢慢唸了起來。

這卷竹簡的內容說的是一些陰陽五行與治國安邦間相互關係的理論，有點像孫樂以前讀過的戰國百家中陰陽家的言論，但要簡單粗淺得多。

孫樂在識完常用的隸書後，平素有意無意會跟五公子交談一些，她所交談的內容，常有一些她所初識、但不能準確發音的隸書混在其中，這樣持續了多次後，現在已能把所有的隸書都準確認出，準確發音了。

也許是心理作用，孫樂這時的聲音可清脆多了，遠不是剛來時那卑怯軟弱的語調能比。她清脆的聲音在馬車中朗朗傳出之際，一個青年的笑聲從旁邊傳來——

「五弟，你這是幹什麼？坐在馬車上也令美人給你讀書啊！」笑聲中，阿福連忙身子一探，把車簾掀了起來。

一輛馬車正與他們的馬車並行，馬車中，一個黑衣青年摟著一個美麗的少女，正探頭向這裡看來。

這個青年與五公子的長相有三分相似，不過與五公子的清冷如月不同的是，這青年濃眉大眼，雙眼如電，鷹鉤鼻，透著幾分陰狠和精明。此時懷中少女正摘著一顆葡萄樣的水果塞到他嘴裡，青年一邊含著，他那雙眼睛則向眾人看來。

青年一眼便看到了手持竹卷的孫樂，瞟到她時，他的眼中露出一抹失望。「居然是個醜丫頭！我說老五啊，你用得著把這樣的醜女也帶在身邊嗎？」

五公子並沒有回答。

那青年也只是隨口說說，他轉向五公子背後的雙姝，只是一眼便雙眼大亮。「好你個老五！我早就聽人說過，你離家半年弄回了一對姿色絕佳的雙女，今日一見果然不同凡響！」

他說到這裡，不由得狠狠地嚥了嚥口水，那放在雙姝身上的目光更是一瞬也不瞬。直盯了好一會兒後，青年才說道：「老五，你這對美人兒什麼價可以換來？」

五公子淡淡地回道：「三哥，你就死心吧，我不會換的。」

三公子被他果斷的回答給噎住了，半晌後才重重一哼，唰地一下把車簾拉下了。

五公子看向孫樂。「繼續唸。」

孫樂輕應了一聲後，繼續唸了起來。

她才唸了五句，五公子突然打斷她的話，問道——

「孫樂，依妳看，我這三哥是何許人也？」

孫樂的聲音不由得一頓，輕聲回道：「有大志向之人。」

五公子聞言嘴角一彎，雙眼亮晶晶地看著孫樂。「何出此言？」

孫樂答道：「他剛才第一眼看的是我這唸書之人。」

五公子的目光中露出一抹讚許，低嘆道：「孫樂真不愧是聰明之人。我這三哥整日縱情酒色，可他竟然瞞不過妳的眼睛。」

孫樂依舊表情平靜，低頭不語。

阿福在一旁笑了起來。「這還是五公子眼力過人。誰想得到如此平庸醜陋的稚女居然會是個才智之士？五公子，這一次我們一定能在本家面前露一露臉。」

五公子嘴角微揚，沒有回答。

孫樂一臉平靜，心中卻在激蕩：五公子這次出行原來是負有任務呢！她的眼角瞟了一眼那對美麗的雙胞胎，暗暗想道：也不知這兩個少女，是不是他奉給本家的禮物？

孫樂這樣一想，心中不由得有點不舒服。不過她一向不願意妄作猜測，這種不舒服只是偶爾浮出便被壓下去了。

馬車還在顛簸著，而且顛得很劇烈，孫樂頭搖著搖，便有點頭暈不適起來。難道是暈車了？孫樂暗暗想道。她可不想這事發生，如她這樣不起眼的人物，在這種時候是不能生病惹人煩的。

正在這時，五公子低聲說道：「唱一支歌聽聽吧。」

雙姝同時應道：「喏。」

她們正要開腔，只聽得一陣悅耳的歌聲從外面傳來——

「槁砧今何在？山上復有山。何當大刀頭，破鏡飛上天……」

這歌聲十分的悅耳動聽，直是聲飄十里，久久不絕，兩女聽了不由得有點開不了腔。

五公子擺了擺手，示意她們不必要唱了。

他側耳傾聽了一會兒，向阿福問道：「這聲音有點耳熟。」

阿福恭敬地應道：「五公子忘記了？她是你上上次在秦地帶來的秦姝，此女歌技驚人，你把她獻給了府主。現在想是被放在後面，與眾姝一起準備獻給本家呢。」

這時候，歌聲又起——

「菟絲從長風，根莖無斷絕。無情尚不離，有情安可別？」

這支歌與上一支一樣，是一首相思之調，可孫樂分明從其中聽到了對離別的悲傷。

馬車在不緊不慢地前行，馬車中只有孫樂朗朗的讀書聲傳出。這讀書聲混在周圍的吵鬧聲和叫嚷聲中，顯得很不起眼。

五公子望著神色不變、慢慢地唸著竹簡的孫樂，眼中清光淡然。

也許是把心思不再放在不舒服上，漸漸地，孫樂的頭暈和不適都消失了。

竹簡並不厚，她唸了半個小時便唸了三分之二，這時五公子示意她停下。

五公子轉身看向馬車外，這車簾剛才被阿福拉開後，便一直沒有再掛上。

孫樂悄悄地拿眼瞟向五公子，此時的他，正側身曲肘，縷縷陽光鋪照在他的臉上，顯得光華奪目，那俊美的五官從側面看來，如同山陵河岳般靈氣逼人。

孫樂只是瞟了一眼，便急急地收回自己的目光。

正在這時，阿福突然對她說道——

「孫樂，我越看越覺得妳這臉真的好了很多呢！妳是用了什麼法子好的？」

孫樂詫異地看向阿福。「福大哥，你為什麼說好了很多呢？我這可是天生的醜啊！」

阿福聞言一怔，他咧嘴笑道：「當然不是，妳這臉是胎裡中毒所致。好似神醫秦越人都說妳這毒無法可解，它不光是會毀了妳的容，還會使得妳體弱不堪，難以活到成年。真沒有想到秦越人的論斷也有錯誤的時候。」

孫樂聽到這裡，心開始怦怦地跳了起來。

她一直想知道自己這個身體的身世家人，卻一直不敢問，也無處問起。現在阿福這話可不簡單啊！她胎裡中毒居然能請動神醫，還能傳得阿福都知道，這說明什麼？這說明她這個身體一定大有來歷！

孫樂望著阿福，訝異地說道：「福大哥你說什麼？我這是胎裡中毒所致？」

阿福見她一臉的不明白，說道：「妳不知道？妳被趕出家門時也有十歲了吧？居然會不知道？喔，是了，妳從小便不與世人相見，難怪不知了。」

他說到這裡，便瞟了五公子一眼，轉頭對上孫樂時，已是一臉不欲多言的表情。「好了好了，這個已經過去了。孫樂，妳只需記住五公子才是妳的主子便是。」

孫樂低低地應道：「喏。」

阿福不願意說了，孫樂卻在快速地思索著。

根據阿福所說的話判斷，似乎自己這副身體還是有來歷的，而且她是被趕出來的！她曾經離群索居了十年！

是了，孫樂啊孫樂，妳如果真是賤民出身，妳識字的事便會讓所有人都大起疑心。妳識字的事五公子只是驚訝過，後來再也沒有盤問過，這點便說明他可能早就知道妳的來歷了。

正在孫樂不停地思索時，阿福又說道──

「對了，剛才我不是問妳，妳的毒是怎麼好的嗎？怎麼扯到妳的身世去了？孫樂，妳還沒有回答呢！」

孫樂看向阿福，輕聲說道：「我天天練拳才好的。」

孫樂天天練習太極拳，而且一練就是那麼長的時間。久而久之，西院的人和阿福全都明瞭。不過他們見她那拳軟綿綿的，分明就是舞蹈嘛，便根本就沒放在心上。

此時也一樣，阿福點了點頭，說道：「原來妳那舞蹈的作用這麼大呀？怪不得妳一直堅持呢！不過孫樂妳以前為什麼不練？如果在來姬府之前就練習的話，可能妳的毒早就解了。」

孫樂心中咯噔一下，她從阿福的嘴裡聽到了疑問。

她當下苦澀地一笑，低頭說道：「我也是到了西院後，衣食有靠，覺得時間太多難以打發，這才練習的。」

阿福聞言又點了點頭，卻不知信是不信。

不過，得到了孫樂的答案後，他便不再詢問了，馬車中又恢復了平靜。

在馬車的搖晃中，孫樂瞟見五公子向後仰臥在左邊少女的懷中，閉目作休息狀，她便轉過頭看向馬車外。
馬車這時應該出了姬府的地盤，行走在官道上。可容兩輛馬車同行的官道上黃塵輕揚。車隊迤邐而行，孫樂向後看時都看不到邊。這時靠著他們馬車的，便是一些牛車。牛車中坐的那些高冠博帶的飽學之士，吸引了孫樂的目光。
這些飽學之士大多穩坐在牛車裡，手中持著竹簡正搖頭晃腦地看著，也不知這麼搖晃，他們怎麼看得進的？他們所坐的牛車，只有頂蓋，四面卻是空的。
孫樂望著他們悠遠自得的樣子，不由得有點羨慕，因為她現在胃又有點發堵了。
正在這時，五公子的聲音從旁邊傳來——
「妳看的是木子，他是我姬府中的首席門客，他見多識廣，名揚齊境。」
居然是五公子在向她解釋。
孫樂連忙收回目光，低聲恭敬地應道：「多謝五公子。」
五公子雙眼似閉非閉，舒服地靠在少女的懷中。「妳無須如此客氣。孫樂，妳是一個『士』了，如果妳不是一個女人，妳會是我的第一個門客。」
孫樂依舊低頭感激地說道：「多謝五公子看重。」
五公子搖了搖頭，似是在感慨她的多禮，閉上雙眼不再說話了。
倒是一旁的阿福說道：「孫樂，這一次五國聚會，會有很多才智超群之士參加，妳到時多注意一些，替五公子多多著想便是。」

孫樂連忙應道：「喏！」

她見車內又沈默起來，便繼續掉轉頭看向木子，以及木子身後幾輛牛車上的主人。身後的道路兩旁還有五十來個騎驢的青壯年，這些人伴著牛車排成兩隊前進，每一個都是身著麻衣，體形健壯，腰佩長劍，表情冷肅。

孫樂望著這些麻衣劍客，想道：我上來時可沒有看到他們，看來是後來才到的。

這些麻衣劍客一個個面無表情，冷漠而沈穩。孫樂看了幾眼，便迎上幾雙如同寒光的眼眸。

她連忙掉回頭，看向走在前面的馬車。

走在他們馬車前面的，正是三公子，而此時三公子正與懷中的侍女嬉笑打鬧著。

孫樂瞟了他一眼，便越過三公子看向第三輛馬車。

第三輛馬車車簾拉開，裡面端坐著一個面容清瘦，皮膚微黑，雙眉如刀的少年。這少年的年紀與五公子相仿，長相與五公子和三公子絲毫不似。雖然不似，不過孫樂只看了一眼，便感覺到他一定也是五公子的兄弟。

阿福見她盯著那少年打量，便輕聲解釋道：「那是十九公子。他的長相最似府主，從小尚武，深得府主寵愛。」

「喏。」

阿福徐徐地說道：「三公子、我們五公子，還有這位十九公子，都是府主喜愛之人，同時，也是本家注意著的。孫樂，妳讀書甚多，應該知道姬姓乃天下第一姓。姬家的勢力雖然不為世人所知，可它卻是一國王侯所不能比。我們府主只是一城之主，子孫便可稱為公子，這種榮耀可不尋常。這次本家有意在各地姬姓族人中選擇一個繼承人，之後五國才智比賽，出眾者一定會被本家所看重注意，妳到時可要表現好一些。」

阿福的話說得很緩和，孫樂聽了卻心中大起波瀾，她低聲說道：「孫樂只是一個醜陋稚女，能得五公子如此看重，自當全力以赴。只是怕孫樂智慧有限，讓公子失望了。」

五公子閉上雙眼，淡淡地說道：「妳沒有必要自輕。」

孫樂應道：「喏。」

她抬頭看著五公子，輕輕地、堅定地說道：「公子有託，孫樂必竭盡全力！」

五公子嘴角向上揚了揚，不再說話。

孫樂瞟了一眼五公子身後一臉單純嬌俏的雙女，暗暗想道：五公子說這些話，一點也不避開她們，看來她們真是五公子的身邊人了。

想到這時，她心中不由得有點發澀。

她連忙低下頭，把剛湧出的不快嚥了下去，暗暗想道：孫樂啊孫樂，五公子如此身分，他的身邊怎麼會少了美人呢？妳不能再想了，絕對不能再想了……

孫樂強迫自己抬起頭來再看向外面，她的目光透過十九公子，看向前方走在倒數第二的馬車上。

那輛馬車已是隔得遠了，再加上車簾拉上，孫樂根本看不出個所以然來。

不過，無須她看清，阿福的聲音又從旁邊傳來——

「最前面的馬車是府主的，排在第二的是四老爺的馬車。四老爺是眾老爺中最會賺錢的，他走得多，見識廣。」

阿福說到這裡，頓了頓後又說道：「騎驢的劍客們是府中所養的死士，一個個都是以一敵十，劍術高強的悍勇之人，他們只聽府主的命令。後面牛車中的食客也是一樣，都是府主的智囊。孫樂，妳還有不明白的嗎？」

孫樂搖了搖頭。

阿福點點頭，慢慢向車壁一靠，閉上雙眼打起盹來。

孫樂哪裡睡得著？這車越是晃得厲害，她的胃中越是翻滾。當下，孫樂便把眼光放在道路兩旁的景色上。

車隊行走得很慢，長長的車隊經過的地方，路人紛紛避開。

孫樂第一次外出，她睜大雙眼，饒有興趣地打量著路上見到的行人。

這些路人多是身穿麻衣，有的衣冠整齊者都會乘一輛驢車出行，也有的只是騎著驢。偶爾可以看到一些步行的人，多是行色匆匆，滿臉風塵之色。

而且，以孫樂的眼光看來，這些人大多臉色青黃，面有菜色，並且普遍偏矮。

這些人在看到這一隊長長的車隊時，會停在路旁細細地打量著他們。不過那些騎驢或乘驢車的人，在看到這些馬車只有兩匹馬載著時，會露出一個不以為然的表情來。

這個孫樂知道，這時代的身分地位，是由所乘馬車的馬匹數量來表現的。他們這一隊只有兩匹馬載車，這說明主人的身分地位並不高，至少遠遜於王侯。看來，這些人多是一些準備投靠王侯，以博取富貴前程的食客了。

孫樂雙眼亮晶晶地觀察著周圍的一切，臉上不知不覺中已帶了笑意。

第六章　邯鄲城中步步危

馬車搖晃中，時間過得飛快，到了中午時，車隊暫停下來，準備略略休息用飯後再度出行。

不一會兒，飯已做好，孫樂先給五公子盛了一碗送了過去。

五公子看著那菜和米煮成糊糊的一團，搖頭厭惡地說道：「拿去吧，我這兩天還可以不吃它。」

「喏。」

孫樂恭敬地應道，她慢慢地向後退出幾步，再站起身來。

說來也很奇怪，自從弱兒表現出對她所炒的菜的強烈占有慾後，孫樂便沒有做過把它獻給五公子的打算。

當然，這其中也有她自己的考慮。她把書房的書看了不少後，也知道了一些事，如自己一旦向五公子表現出了這方面的才華，只怕從此以後就只是一個廚娘了。而且很有可能，自己會被五公子當成禮物獻給某位大人物。

這樣的事，孫樂是絕對不會允許它發生的。

想到這裡，孫樂忽然感覺到，也許弱兒一直拒絕自己去賺十九姬的那幾金，多半防的便是這個！

她想到這裡，不由得搖了搖頭：弱兒不似那麼精明的人，他不會想得這麼遠的。

想到弱兒，孫樂不由得有點掛念起他來了。也不知自己離開後，他會不會照顧自己？會不會吃不好、睡不好？

眾人用過餐後，便重新出發，車隊再次激起十里黃塵。

當天晚上，孫樂與眾侍婢睡在同一個帳篷中。

接下來的幾十天中，車隊大半是在野外宿營。車隊走了兩個月後，來到了目的地趙的都城邯鄲。

邯鄲在天下各國中，是出了名的繁華所在。車隊一進入邯鄲的境內，官道上便不時可以碰到華貴的馬車、龐大的車隊。而這些車隊中的絕大多數，姬府見到了都要避讓一旁，讓其先行。

現在他們的車隊便候在路旁有一個時辰了。對方的車隊足有五、六十輛馬車，數百輛牛車和驢車，再加上數百個劍客，從頭到尾，足足綿延了上十里。

這一個車隊是劍客開路、收尾，行走在中間的是馬車隊。他們的馬車上繡著燕國的徽印，一看就知道是燕國來使。

那些坐在馬車中的主人，一個個趾高氣揚地打量著候在一旁的姬府眾人，邊看邊指點不休。

間中，孫樂不時可以聽到一句句笑語——

「這是齊地的小府人家吧？嘖嘖，你們看到後面的那些驢車裡沒有？居然都沒有見到一個上乘的貨色！」

「哈哈，這公子你就有所不知了，齊地哪來的什麼美人？要說美人，還只有我們燕以及趙地的多了。」

孫樂聽到這裡，不由得也有點感興趣了。她早就聽說過，燕趙兩地的美人，在這個時代是最出色的。如五公子這樣的府第，想在燕趙弄兩個出色的處女回去，還根本做不到。

忽然，一個有點粗嗄的笑聲傳來——

「齊地雖然沒有什麼美女，美人卻是有的！你們聽過齊地第一美男的名頭嗎？聽說還姓姬，見過的人都大為感嘆呢！」

孫樂正在牛馬的嘶鳴聲、車輪的滾動聲中，凝神傾聽著外面的對話，突然聽到這麼一句，不由得心中突地一跳，轉頭看向五公子。

五公子顯然也聽到了，他俊臉微寒，沈聲道：「把車簾拉上！」

「喏！」

「喏！」

孫樂和阿福同時應了一聲，上前把馬車左右兩側的車簾全部拉下。

車簾雖然拉下了，馬車外的嬉笑聲還在不斷地傳來。「當真？可有多美好？嘖嘖，這次五國之會，他應該會來吧？」

「聽說是會來。那姬府與路旁的這一府一樣，是個小門第，要不是他家出了一個齊地第一美男，還根本沒有人留意這麼一府人家呢！說到那個姬五公子，上次我遠遠地瞟見了一眼，那小子長得可真是沒話說，天下各國的美男子中，他足可以排在前五。」

第一個聲音驚嘆道：「如此出色？那可一定要見一見了！」

接著又是一陣大笑。

這些笑聲中，雖然沒有一句辱及了五公子，可五公子聽了卻極為惱怒，那如劍鋒般的眉毛緊緊地皺成一團，薄唇微抿，俊臉上帶上了三分煞氣。

位於他身後的雙姝連忙按上他的肩膀，輕聲說道：「這些人居然把我家公子與那些美女並列，實在該殺！」

「就是，等公子成了姬族的繼承人，天下間誰敢對公子不敬就割了他的舌頭！」

雙姝聲音嬌脆動聽，如銀鈴一般，說起割舌頭、殺人這樣的狠話來也如喝水那般自然，五公子聽了臉色慢慢好轉了一些。

外面的笑鬧聲漸漸遠去，過了半個小時左右，五公子閉著眼徐徐命令道：「把車簾拉開吧。」

「喏！」

孫樂欠身上前，把車簾重新拉起來。

這時，經過的正是對方的驢車隊。

這個孫樂就有點感興趣了，因為這驢車隊裡坐著的都是各府所養的美人。對方的車隊既然是燕人的，那她就想看看這些車隊中的美人是不是真的那麼出色了。

眾人都是與孫樂一樣很感興趣，一時之間，無數的人頭從車中伸出來，向驢車隊中瞅去。

對方的驢車足有百來輛，近兩百個美人身穿華服，穩坐在驢車中。這些美人長相妍麗，與齊地少女眉宇開闊、健美活躍不同的是，這些美人一個個更顯得水靈些。如孫樂以前在蘇杭見過的少女，渾身上下都流淌著一抹水靈嬌媚之氣。

這種水靈嬌媚，還當真就把孫樂在姬府見過的任何女子都比下去了。如五公子身後的雙姝，放在齊地那也是一等一的美人，可與這些少女比起來，姿色也不過是中上而已。

燕人的服裝也與齊地不同，眾女的束腰就束在胸下，衣尾拖得長長的，襯得胸脯高挺，身姿婀娜多姿。至於她們身上所著的衣服，那是姹紫嫣紅，各現奇豔。

孫樂看到這裡，忽然想道，在西院中，眾女大多身著麻衣，看來姬府的實力還真的不怎麼樣。

兩百個十五歲到十八歲的少女一路迤邐而來，直看得人眼花撩亂。孫樂看著看著，轉頭向五公子看去。

此時五公子背倚著車壁，與眾人一樣靜靜地欣賞著美人。

孫樂望了他一眼便低下頭來，她望著車板的紋路，暗暗想道：孫樂啊孫樂，妳是真的該死心了。這天下美人何其多也？以五公子的才貌，他是想要多少就有多少！妳是真的應該死心了。

死心並不容易，不過孫樂覺得自己對五公子的感情，已經慢慢地給掩藏住了，收拾起來了，她現在不會再輕易地為了與他有關的一些小事就情緒波動了。

五公子望著外面的美人，低聲嘆道：「燕趙美人，果然名不虛傳。」

他的聲音中帶著嘆息。

阿福也在一旁長聲嘆道：「看到這些佳麗，我對自家的那些美人都沒有信心了。哎，本家哪裡可能看得中？」

阿福嘆到這裡，又不無感慨地嘟囔道：「這挑選禮物，還真是一件令人頭痛的事。就算是舉全府之力，怕也拿不出一樣不錯的禮物來呀！」

五公子點了點頭，他淡淡地說道：「正是如此。既然禮物無法讓他們心動，那就憑才智本身吧！」

五公子說到這裡，想是心中沒底，不由得露出一個苦笑來。

阿福也在苦笑。「我們府中的食客，包括木子在內，比起那些人來說還真不算什麼。哎……」

阿福末了是一聲長嘆，他是想到眾人雖然出府時說得信誓旦旦，可是那畢竟只是豪言。他們要美人沒美人，要智士沒有智士，拿什麼去跟人家比？

他朝孫樂瞟了一眼，見她低著頭，醜陋的臉上猶帶青暗色，不由得搖了搖頭。得不到真正的人才，五公子也是沒有辦法才把她也帶來。雖然前面兩次她想的主意湊巧成事，只是啊，怎麼可能指望更多？

孫樂並不知道阿福在想些什麼，她抬起頭又看向外面，雙眼亮晶晶的，顯得有點興奮。

那個車隊又過了半個小時才陸續走完，等他們一走完，姬府的車隊重新啟動，向著邯鄲城內駛去。

這時，兩旁的道路上，不時有一些窮苦的百姓和身著麻衣的士人向車隊打量，眾人對著車隊指指點點，說笑不休。

越靠近邯鄲城，擠在路旁觀看車隊的人群越是多了起來，孫樂甚至看到有不少攤販在路旁設起攤子來。

孫樂望著這些並不叫喊的攤販，暗暗好笑。他們對熱鬧的敏感，倒是古今一致啊！

邯鄲城外，車隊足足排了二、三十里路遠，而且後面還有增加。當姬府的車隊好不容易入了城門時，天色已經漸漸晚了，一輪紅豔豔的太陽漸漸沈入地平線下。

邯鄲城門兩旁，各站著兩排五十名全副銅做的盔甲的士兵，這些士兵一個個手持長槍，面無表情。

這些士兵並沒有對車隊的進來多做阻攔，他們站在那裡一動也不動，與其說是守衛城門，倒更像是一種擺設。

孫樂抬起頭來，好奇地望著街道兩旁。

街道兩旁都是一些木製房子，絕大多數是兩層結構，也有極少數做成了三層。這些房子緊緊地挨著，一幢連著一幢，外面都用麻布旗幟寫著「酒」、「宿」、「當」、「金」等字眼。

而過了三、四百公尺，孫樂便看到一幢幢旗幟染成紅色、樓閣也漆成紅色的精緻小樓。這些小樓上站著一些上了厚厚鉛粉、塗了胭脂的少女。這些少女靠在欄杆上，正笑盈盈地觀賞著車隊。

看來，這些紅樓便是妓院了。

正當孫樂向她們打量之際，有幾個妓女眼睛一瞟，居然看到了坐在馬車中間、靠在車壁上的五公子。當下，那幾個女子歡笑起來，她們伸著纖手，對著五公子指點不休，有一個甚至還探出身子，目光專注地向他瞅來。

眾女的打量五公子顯然也察覺到了，他的眉頭微微擰起。

幸好，不一會兒馬車便駛過了眾女，空留下哎喲哎喲的惋惜聲。

馬車駛過城門正街，來到西邊大街，向著西邊大街的一個府第駛去。

阿福看著官道兩旁絡繹不絕的車隊，得意地搖晃著腦袋說道：「哼，那些大府看不起我們，可是他們到了這邯鄲城裡，還要為食宿的事費盡心力，哪裡像我們，一切都由趙王后親自安排。」

阿福的得意，顯然也是姬府眾人的得意，一時之間，車隊的說笑聲都響亮了許多。

趙王后安排給姬府眾人的府第，位於邯鄲城的鬧市中心，而且府第極大，建造得頗為精緻華麗。在這五國使者齊聚的時候，邯鄲城是一房難求。光憑這一點，姬府等人便覺得揚眉吐氣了。

而五公子的住處也特別不同，趙王后特意給他指定了院落。那院落雖然沒有正院那麼宏大，卻極為精緻秀雅，裡面亭臺樓閣處處可見匠心。因為這一點，阿福更是下巴都朝天了。

孫樂的房間，是位於倒數第三的廂房處，有點偏。

她一回到自己的房間，便大大地鬆了一口氣。廂房是正房、堂房、臥室、偏房加上浴室共五間的布局，廚房沒有。孫樂因為身分低微，所以也沒有侍女侍候。

孫樂圍著院落走了一圈，打了一點井水洗了一個澡，吃了一點送上來的飯菜後，便打起太極拳來。

這在路上幾個月，她都沒有好好地練習過太極拳，還真是覺得心中慌亂。

在孫樂練習著太極拳的時候，外面是燈火通明，笙樂陣陣。

她剛練了不到一個時辰，阿福便走到房門外叫道——

「孫樂。」

「在。」

「今天晚上趙王后將來為我等接風洗塵，妳速速前來。」

「喏。」

孫樂連忙清洗乾淨，換上新的麻衣，快步來到五公子的廂房外。

當她來到時，一個侍童正站在門口，他一眼看到孫樂便說道：「妳叫孫樂吧？妳家五公子令妳前去主院的秋雲閣，宴會就在那裡舉行。」

孫樂謝過，轉身向正廂房走去。

孫樂本來以為，趙王后設宴，怎麼都會在趙王宮中，不然也會另有地方，沒有想到就在這府裡。

這時候，她忽然有一種感覺：看來齊地姬府的地位還是太低了，所以趙王后賜宴也只能這麼靜悄悄的，以近乎偷偷摸摸的方式舉行啊！

主院裡燈火通明，笙樂聲聲，酒香和肉香遠遠地飄了過來。孫樂這一路可沒有認真吃過一頓好飯，當下連嚥了幾口口水，肚子也咕嚕地叫了起來。

她一進主院，便一眼看到了秋雲閣。秋雲閣是個兩層高的小木樓，建築得十分精美，它位於一座很大的湖面上，四邊都有石橋相連。

此時秋雲閣中笑語不斷，孫樂加快腳步走上了石橋。

秋雲閣外，五、六十個全身盔甲、腰佩長劍的劍客守在四個出入口上。這些人身材高大威武，身上有一股姬府中人沒有的悍殺之氣，顯然正是趙王后帶來的。

這些人看到孫樂走近，齊刷刷地把劍抽出，在整齊的「錚——」的金鐵交鳴聲中，一個衛士上前一步，厲聲喝道：「爾是何人？」

孫樂還沒有回答，待在一旁一個僕僮打扮的男子馬上恭敬地說道——

「她是我府五公子身邊的一個侍婢。」

那衛士把劍收回，向後退出一步。「進去吧。」

「喏。」

孫樂輕應一聲，她低下頭越過衛士們，向秋雲閣裡面走去。

孫樂一邊走，一邊暗暗想道：不過只是一次最為普通的宴會而已，怎麼還守得這麼嚴？難不成有人要刺殺趙王后不成？

她想到這裡，不由得搖了搖頭。因為她明白了，一個侯王的妻室而已，在這種平和時期有誰會大張旗鼓地去刺殺她？唯一的解釋便是，趙王后由妾變成妻後，有點得意忘形了，藉此機會向大家顯威風來著。

宴會在二樓舉行，一樓間就已是燈火通明，侍女穿行不息。

孫樂人小腳輕，走在樓梯上時沒有半點聲音發出，當她出現在房門處時，連個回頭的人也沒有。

閣樓上熱鬧非凡，上百個榻几擺在其間，燈火通明中，几上大塊的肉，白晃晃的米飯，吸引了孫樂大部分注意力。她連嚥了幾下口水，才有精力向最前面的主座看去。

最前面的主座上，坐著一個打扮得雍容華貴的少婦，約莫十七、八歲年紀。這少婦生得甚為豐滿美豔，她的美豔，是齊地少女特有的健美和豔麗。這少婦有一雙很大的，宛如會說話的眼睛，胸脯高聳，寬寬的額頭間垂下一串珍墜。

她穿得十分正式，紅色的羅衣上繡著大片的青鳥，衣服裡三層外三層，層層珠飾，那些衣服上的珍珠寶石在燈火中發著晶燦燦的光芒，十分耀眼，耀眼得讓孫樂只瞟了她一眼，根本沒有辦法細細欣賞她的美，便有點眼睛刺疼。

至於五公子，此時他就坐在趙王后的右下角，那一身素白繡梅花的長袍，配上他那清俊的面容，顯得越發的人如玉雕。

而兩排座席間，一隊舞女正在翩翩起舞。笙樂聲不斷，美人歌舞不休。

孫樂收回目光，挨在牆壁旁低頭向阿福所在的榻几走去。

阿福坐的地方位於左側第一排最後方處，孫樂不一會兒便溜到了他身邊，在他旁邊的榻几上小心地跪坐好。

阿福有點興奮，他雙眼亮晶晶地轉頭看著孫樂。「呵呵，妳才來呀？喲，那位就是趙王后呢，她對我家公子可看重呢，剛才還連連跟他說話來著。不過這也可以理解，畢竟她的王后之位還是我家公子幫她弄到的。」

孫樂胡亂應了一聲，抬頭向前看去。燈火中，五公子的表情有點淡淡的，看不出很歡喜。而坐在左側第一排榻几上的兩位公子以及府主等人都是笑逐顏開。他們的身邊都沒有帶上姬妾，是了，今天晚上除了歌舞的那些美人，在場的女子便只有自己和趙王后了。

就在孫樂靜靜地打量著他們時，三公子站起身來，大步走到趙王后的座位前，半彎著腰，把酒盅高高舉在頭頂，恭敬地說道——

「姬三再敬娘娘一杯，祝娘娘千秋萬歲，容顏不老，永得王寵！」

三公子的話，顯然入了趙王后的心，她當下嫣然一笑，伸出塗滿蔻丹的纖手接過他的酒盅，嬌聲說道：「哎喲，不過兩年不見，姬三就這麼會說話了？」

三公子恭敬地說道：「姬三所說句句都是肺腑之言。」

趙王后笑吟吟地一口喝下，轉眼瞟向了五公子。「可是五弟，你為什麼不說一句中聽的話給我聽聽？」

五公子聞言站了起來，他低著頭朝趙王后略施一禮，低聲說道：「娘娘富貴已極，姬五都不知說什麼好了。娘娘，我還是坐回去吧。」

趙王后笑意盈盈地望著他。「五弟便如我的親弟弟，坐在這裡有什麼不好的？」

五公子正在回話，只聽得門口一陣腳步聲傳來。

眾人回頭看去，只見一個衛士急匆匆地走到過道上。

衛士在離趙王后還有二十步的地方跪下來，朗聲說道：「稟王后，王有令，燕使已到，正在王宮設宴，請王后速速回歸。」

趙王后聞言一怔，她歉意地看向五公子等人，優雅地站起身來。「各位族人，王有令，我得回去了。」

說罷，她盈盈轉身向前走去。隨著她的走動，一陣環珮輕響傳出。

直到趙王后走了好幾步，姬府眾人這才反應過來——趙王后身為一國之后，連宴請族人也會被中途叫走？趙王哪裡會這麼不給情面？這分明是她所找的推拖之詞，她是不想與姬府多人多作敷衍呀！

想到這裡，姬府眾人不由得臉色俱變。

一陣沈默中，三公子率先跨出一步，叉手敬諾道：「喏，娘娘好走。」

五公子隨後也反應過來，他也低聲道：「多謝娘娘賜宴。」

在亂七八糟的「多謝娘娘賜宴」中，趙王后在上百衛士的簇擁下，大搖大擺地離開了秋雲閣。

孫樂安靜地走到阿福身側，低頭不語。

走在她前面的五公子和阿福都板著一張臉，悶悶不樂。

三人一回到院落，雙姝便迎了上來。

左姝見五公子俊臉微沈，一副不高興的模樣，不由得擔心地向他問道：「公子，出了什麼事了？」

五公子顯然不想說話，他擺了擺手，大步走了進去。

孫樂知道他現在很不舒服，便安靜地跟了進去。一進堂房，她便悄無聲息地站到了五公子的側後方。

隨著右姝把大門「吱呀」一聲關上，五公子冷著臉哼了一聲。

阿福這時也是一臉鐵青，他咬牙切齒地說道：「當真、當真是不知好歹！當初她身為趙姬時，對我家公子是何等尊敬？對我姬府來人是何等親熱？那時她哭哭鬧鬧的，說著在後宮中怎麼被人妒忌、怎麼被人欺辱，當時公子把她成功由姬變妻時，她歡喜得只差沒有跪在地上感謝公子，現在倒好，不過數月而已，她就翻臉不認人了！」

阿福說到這裡，便呼呼地喘著粗氣。

五公子一臉的鬱怒，薄唇緊抿。

過了好一會兒，他抬頭看向雙姝。「妳們也是女人，知道趙王后在想什麼嗎？」

雙姝根本不清楚情由，不由得睜大眼不解地望著五公子。

五公子苦笑了一下，他沒有心情向兩女解釋，而阿福還處於憤怒中，也沒有注意到兩女並不清楚始末。

就在孫樂猶豫著要不要向兩女解釋的時候，五公子想起了她，他轉過頭來看向孫樂。

「孫樂，妳說趙王后何由如此行事？」

孫樂抬頭對上他的雙眼，靜靜地回道：「她只是想告訴大家，她現在已經是趙王后了，是我們姬府需要討好逢迎的趙王后了，而不是以前那個與大家平起平坐的侯王寵姬。」

五公子和阿福都沒有想到這一點，兩人不由得愕然。

阿福噓了噓口水，本來有點外凸的蛙眼瞪得更大了。「妳是說，她此舉是示威、擺立場來著？這個女人！難道她完全忘記了當初是怎麼求我家公子的？」

五公子揮了揮手，示意阿福不用說了。

孫樂輕聲應道：「不錯，她是在示威。本家這第一次考核把繼承人的事與五國之會合在一起，她是知道大家一定會屈服，因為各地的姬府都會想到向她這個地主示好，有她的相助，很多時候都可以占到便宜。」

五公子聞言低頭沈思起來，片刻後，他看向孫樂，目光恢復了清亮。「依妳看，我們應該如何應對？」

孫樂平靜地說道：「趙王后想要我們尊敬她，我們尊敬便是。明日厚禮卑詞相待便是。」

五公子低嘆一聲，撫著自己的額頭。又過了一會兒，五公子悶聲悶氣地說道：「那我明天去試試。」

孫樂望著他，輕聲道：「公子無須去，此事由三公子辦最好不過。」

五公子聞言一怔，抬頭錯愕地看著她。

阿福叫道：「孫樂，妳可明白三公子乃——」

他的聲音未落，五公子再次擺手打斷他。「孫樂說得對，趙王后就算想擺威風，對我還是不同些。我向來行事風格她都明白，突然改變反而會生嫌隙。三哥今日在她面前殷切至極，辦這種事正合適。」

他說話的時候，眉頭微鎖，顯然並沒有完全聽進孫樂的話。

正在這時，一陣響亮的男子聲音從外面傳來——

「五公子，府主令你去一趟！」

五公子應道：「喏。」應完後，他轉向幾人。「父親這時叫我前去，應該也是為了商量趙王后之事，大家先散了罷。」

說罷，他大步走向門外。

孫樂等人直到五公子走遠了，才一一散開。

直到散開時，阿福還處於怒火中，不時地嘀咕著。「早知道她變成這樣，當初就不應該幫她了。哼，這個不知輕重的死女人！」

孫樂搖了搖頭，快步向自己的木房走去。

五公子這一出門，足足是一天，孫樂也練了一天的太極拳。本來，她是有點想出門看看邯鄲城的，不過五公子不在，她沒有得到批准，便不想自作主張地跑出去。

趙王后賜給他們暫住的這座府第，同時給安排了幾十個丫鬟、侍傭。這些丫鬟、侍傭自然侍候的是五公子他們這些主子。

臨近傍晚了，練了一天太極拳的孫樂有點累了，便慢步在院子裡逛蕩起來。

現在春天將過，已是春夏相交之季，樹木生得極為繁茂，各種野花家花紛紛開放。孫樂剛走到五公子的廂房旁，便聽到側後方的柳樹叢中發出一陣女子低笑。笑聲中，四、五個侍女打扮的女子在柳樹中若隱若現。

這些女子沒有察覺到孫樂的靠近，她們自顧自地取笑著。

「聽說這姬五公子乃是齊地第一美男呢！我昨晚匆匆看了一眼，當下連眼睛都忘記眨了。」

「嘻嘻，是真的很好看呢！我們趙地美女雖多，可美男子似乎都比不上他呢！」

孫樂聽到這裡，不由得苦笑著搖了搖頭，轉過身大步走開。

這府第中到處都種滿了柳樹，垂柳處處隨風飄蕩，給人一種軟綿綿的感覺。

孫樂才走出不到一百步，後頭突然傳來一個女子的嬌喝聲——

「吶，前面的小丫頭停一下！」女子喝了一聲，見對方理也不理，便急急地喊道：「就是妳！停一下！」

緊接著，孫樂的身後傳來一陣急促的腳步聲。

女子一邊小跑、一邊喘氣。「妳是哪一房的丫頭？怎麼這般無禮？哼，妳當心我叫人賣了妳！」
她都跑到後面來了，孫樂只好慢騰騰地站住腳，轉頭向來人看去。
追來的是一個十八、九歲、長相端正的女子，而在五公子的廂房旁也站出了四個長相端正的少女，她們正是柳林中的那幾個，正在向這邊看來。
這些女子一看到孫樂的正容，都是齊齊一怔，驀地，眾女嘻嘻哈哈地笑成了一團。
那急追來的女子也是一陣好笑，她腳步一頓，伸手指著孫樂，捂著肚子笑得十分響亮。
「哎喲喲，這是哪房裡的丫頭？怎麼這麼醜呀？我說，妳不會是姬府帶來的人吧？」
笑聲中，孫樂靜靜地站在原地，靜靜地盯著她們，一言不發。
這追來的女子笑了一陣後，見孫樂表情冷漠，眼神中毫無波瀾，不由得收住了笑容。她雖然收住了笑容，她身後的那幾個女子卻沒有住嘴，她們一邊嬉笑、一邊跑了過來。
其中一個長相秀氣的少女大呼小叫地說道：「土妹，原來妳不是長得最醜的女子呢，這個丫頭比妳還醜十倍呢！呵呵呵……」
這少女所稱的土妹，正是跑在最後的那個瘦弱微黑的少女，那少女鼻孔有點朝天，雙耳也招風，看起來是有點不順眼。
眾女嘻嘻哈哈地跑到那女子身後，見她不說話，不由得詫異地問道——
「怎麼啦？」
「顏姊，妳不會是被這醜丫頭給嚇傻了吧？」

「就是就是，妳怎麼不說話了？」

孫樂靜靜地盯著這一群女子，直到她們的說話聲、笑語聲告了一個段落，才提高聲音冷聲喝道：「原來趙侯府中的侍婢這般無禮！」

她的聲音又冷又沈，硬生生地砸了出來。眾女本來笑嘻嘻的好不快活，被她這麼一說，頓時笑容全部僵在臉上。

孫樂這話中頗有幾分威嚴，那表情更是居高臨下。

在眾女面面相覷之際，孫樂冷冷地從第一個少女的臉上劃過，再轉到第二個少女的臉上，她的眼神平靜無波，卻偏是這種平靜，讓眾女都感覺到她的不尋常。頓時，她們都有點不自在起來。

孫樂冷冷地盯著眾女，徐徐地說道：「肆意嬉笑，詆毀賓客！言語無狀，行為無禮！妳們還真是不知天高地厚！」

孫樂說到這裡時，眾女已經開始冒冷汗了。她們都是見過世面的，孫樂這話一說，便聽出了她的修養才學。這時代有修養才學的人地位超卓，一般來歷不凡，就算是食客也深受主府尊重，如果主府一發話，要拿捏她們還真是舉手之勞。

孫樂見她們知道畏了，淡淡地說道：「這次的無禮也就罷了，可不能有下一次。」

她的聲音淡淡而來，對她心存敬畏的眾女不約而同的同時一福，應道：「喏。」

孫樂麻衣一拂，轉身大步離開。

直到她走得遠了，眾女才拭去冷汗，妳瞅著我、我瞅著妳，慢慢散去。

一路上，孫樂可以聽到不少閒話，從這些對話中，她知道昨天晚上五公子雖然似是不完全相信自己所說的，卻還是把自己的想法付諸了行動。今天三公子的卑詞厚禮之策已經有顯效了。

孫樂一邊想，一邊拐了一個彎，向偏僻安靜處走去。

隨著太陽漸漸西沈，樹林中歸鳥啾啾，煞是熱鬧。孫樂腳下落著厚厚的綠草，抬頭望著群鳥歡快的啼叫，只覺得心中一片平靜。

孫樂走到一個小花園中，找了一棵大柳樹，這大柳樹下有一張石几和石凳，孫樂把石凳上的落葉、灰塵拂乾，坐在了上面。

她靜靜地望著前方的一泓湖水，又想起了弱兒。她當初也沒有想到這一次出門會用這麼久時間，也不知自己走了後，弱兒會不會照顧他自己？

想到這裡，孫樂搖了搖頭，有點失笑地想道：我還真成了老媽子了，在這裡瞎擔心。她兩世為人，都是毫無牽掛，弱兒是她唯一可以掛念的，有時孫樂會想，如果自己不去想著弱兒，不去擔心弱兒，自己豈不會更寂寞？

她坐在石凳上胡思亂想了一會兒，見天漸入暮，便慢騰騰地轉身往回走去。

當她來到所住的院落外時，遠遠地看到阿福在院子裡走來走去，孫樂一奇，不由得加快了腳步。

阿福聽到她的腳步聲，連忙抬頭看來。這一看是她，不由得大是埋怨。「孫樂，妳剛跑哪裡去了？快快，去沐浴更衣！衣服我令人放到妳的房間中去了，妳可能不會穿，妳、妳，過來，去服侍孫樂！」

阿福所喝叫的，正是下午時嘲笑過她的那個端正女子和醜女士妹。

兩女同時福了福，應道：「喏。」她們一邊應，一邊小心地瞅著孫樂，慢騰騰地向她靠近。

孫樂瞟了她們一眼，表情平靜，彷彿什麼事也沒有發生過一樣。她這個表情，令得兩女心頭一鬆，腳步也加快了幾分。

阿福命令完後，見孫樂還沒有動身，不由得急道：「妳還愣在這裡幹麼？」

孫樂笑了笑，問道：「福大哥，我這是準備換了衣服去見什麼人呀？」

阿福揮了揮手。「還能有誰？當然是趙王后了，昨晚趙王后便想與妳見一見的，可是沒有見著。現在五公子已經在趙王宮中了，他令我回來帶妳前去。」

「喏。」

孫樂來到木房外時，兩侍婢已幫她提了一桶井水在浴桶中，同時，她們還在往浴桶中掰著花瓣，試探地加著熱水。

孫樂見此笑了笑，揮手道：「不必了。」

她走到几旁，伸手拿起放在其上的羅衣看了看，這羅衣呈青色，裡外二層，布質略厚而顯粗糙，它在綢緞中應該算是下乘的了。羅衣旁則放著一雙繡鞋。

孫樂把它放下，轉頭對著杵在房中、不知如何是好的兩女說道：「都出去吧，待會兒有需要我自然會叫妳們。」

「喏。」

兩女應了一聲，同時倒退著出去了。

孫樂解開麻衣，跳到了浴桶中，一進浴桶，她便發出一聲舒服的呻吟。來這個世界有八、九個月了，她這是第一次洗熱水澡。雖然外面天氣並不涼，根本用不上，可她泡在裡面，還是有一種回到前世的美好感覺。

既然是宮中有請，孫樂便很認真地洗了頭髮和身體。洗好後，她拿起羅衣細細地觀察了一會兒。這羅衣繫帶頗多，而且衣襬有點長，她用了一刻鐘才弄好。這時，她那稀疏的幾根黃毛也乾得差不多了。

等她穿好衣服和鏽鞋時，孫樂不由得有點感慨起來，這衣服、鞋子也不知是誰送來的，居然大小恰恰好。

她不知道，宮中出來的人是要培養這方面的眼力的，以用來侍候尊貴的客人，有些侍婢只看人一眼，便能知道他穿什麼衣服合適？大小應該是多少？

穿好後，孫樂吱呀一聲把房門打開。

兩女正站在門外，湊在一起低聲說著什麼，一聽到門響，咻地一聲同時分開，緊張地看著孫樂。

孫樂瞟了她們一眼，淡淡說道：「把我的頭髮梳起來吧，簡單點。」

「喏。」

兩女應了一聲，走在她身後細心地給她梳了一個髻。孫樂對著銅鏡一照，這樣梳起來居然頭髮並不顯得少，專業人士畢竟不同呢！

阿福早把馬車牽到了五公子的木房外，孫樂一走來，他便急急地趕上來。「快上馬車吧！」

孫樂應了一聲，和阿福先後爬上了馬車。

馬車吱呀吱呀地向拱門外駛去。

阿福一坐穩，便向孫樂說道：「趙王后從五公子那裡知道是妳想出的主意後，便一直都想見妳一面。剛才我與五公子在街上時便被她請到了宮中，直到現在五公子和三公子還被留宴。」

一口氣說到這裡，阿福顯然也覺得自己有點性急，便自失地笑了笑，放慢聲音說道：「妳是個沈穩的孩子，妳應該知道，有時候主子的榮耀比自己出頭更重要。所以待會兒趙王后等人要是問起什麼，妳一定要把功勞多多往五公子身上推。雖然我們五公子為人寬容，對這個不太在意，可做人侍婢的這是本分，知道嗎？」

孫樂安靜地應道：「喏。」

阿福點了點頭。「妳這孩子我是明白的，一直很安靜。不過妳可能沒有見過大場面，待會兒注意不要失態了。」

「喏。」

「趙王宮中也有不少的使者和貴客，他們可能會笑妳長得醜，妳也不能太讓五公子沒臉，知道嗎？」

「喏。」

在阿福不斷的交代中，馬車搖搖晃晃地駛上了街道。

現在天色漸黑，可邯鄲城中還是行人絡繹不絕。有的店鋪中更是早早地插上了火把。冒著油煙的火把東一個、西一個地亮起，給繁華的都市夜色添了一分特別的味道。

街道上，不時可以看到佩劍而行的麻衣劍客，這些劍客多是一臉孤傲，看人時戾氣十足。

馬車吱呀吱呀聲中，轉過三條街道，行駛了半個時辰後，漸漸轉入一條十分寬闊而又安靜的大道。在大道的盡頭，一座精美與宏偉並俱的建築群出現在她的眼前。孫樂知道，趙王宮到了。

趙王宮占地極廣，燈火通明中，無數間或精緻、或宏偉的院落坐落其中。孫樂一眼看去，密密麻麻盡是房屋。兩人的馬車所走的是側門，側門是高達六丈的大理石拱門。拱門兩旁，兩隊全副盔甲的衛士手持長槍，一動也不動地守在那裡。

馬車來到拱門外時，衛士們咻地一聲同時舉槍相向。長槍相交，寒光刺目，一聲厲喝傳出——

「可有過關憑證？」

「有、有！」阿福連忙從懷中掏出一個鐵牌給一個衛士。

那衛士朝鐵牌掃了一眼，略點了點頭，只聽得咻咻幾聲，所有的長槍迅速地收起，兩隊衛士又恢復了一開始面無表情的樣子。

馬車繼續向前駛過，越過拱門，一個極大的廣場出現在孫樂眼前，那廣場中停著數十輛華貴的馬車。

阿福令馬伕把馬車駛到眾馬車之後停下，和孫樂跳下馬車向裡面走去。

走過廣場，是一處花園，走過足有五百公尺的花園，路過一處迴廊，繞過無數居於密林掩蓋的院落，來到了一處宏偉的府第之前。

這府第前也是一個廣場，廣場裡也停著數十輛馬車。廣場過後，便是一幢全由漢白玉壘成的建築群，它共有七、八幢，全部是漢白玉做成，零零落落地坐落在柳樹林中，燈火掩映下，說不出的華美。

孫樂暗中驚嘆不已。

不過她只是欣賞地看了幾眼，便收回了目光。阿福在一旁瞅到她的反應，眼中閃過一抹滿意。只是這滿意中，多少帶了點詫異，以阿福看來，孫樂只是一個沒有見過世面的小女孩，雖然她一直有著超出年齡的沈穩，可是他沒有想到，她會沈穩至此，居然見到如此宏偉巍峨的一國王宮也只是尋常反應。

漢白玉的石屋前，一隊隊宮女、太監穿行其中，這些人或手提燈籠，或手持托盤，正忙碌不休。而且這些宮女、太監一個個面目清秀，身材修長，讓人一見便有一種仰望的感覺。

當然，孫樂兩世為人，她已不會仰望了。

阿福自然而然地低下頭，放輕腳步，向著漢白玉屋前走去。

來到房屋前時，這些忙碌的太監、宮女都看到了孫樂，他們不掩好奇地向她打量著，只是沒有人議論低語。

孫樂面無表情，目不斜視，跟在阿福身後向前走去。

越過一個極大極高的堂房後，兩人來到了後面長長的走廊上。

一入走廊，一陣笙樂聲便不絕於耳，阿福低聲說道：「快到了。」

兩人加快腳步，在來往宮女的注目中，迅速地走到一個珍珠為簾、輕紗作帳的宮殿外面。

樂聲正是從這殿中傳出。

殿門外站著一個太監，阿福上前一步，低聲跟他說了一句話，然後垂頭退後兩步。

那太監走了進去，不一會兒，一個有點尖峭的唱聲傳來——

「宣孫樂、阿福覲見！」

阿福朝孫樂使了一下眼色，低著頭出現在門口。

殿中燈火通明，華光耀眼，孫樂和阿福一樣低著頭看著腳尖，慢步向裡面走去。

殿中的主座和客座上，只有十幾個榻几，五公子和三公子都在其中。孫樂雖然低著頭，可還是可以一眼便看清榻几上的情景。

她和阿福一起，慢步向五公子的榻旁走去。

不一會兒，孫樂低眉斂目，走到五公子側後方慢慢跪坐而下，阿福也跪坐在她左側。

這時，殿中音樂稍止，主座上，趙王后那有點熟悉的聲音帶著驕慢的語氣說道：「妳就是孫樂？抬起頭來。」

孫樂順從地抬起頭來。

這時殿內燈火通明，她雖然所坐的地方稍偏，可還是纖毫畢現。

趙王后還是與昨晚一樣的打扮，只是衣服式樣稍有區別。她整個人華光閃閃，把孫樂的雙眼耀得都看不清她的面容了。

趙王后一見到孫樂的面容，不由得倒吸了一口氣，失聲說道：「居然這麼醜?!」

說完後，她轉向五公子，頗為不信地問道：「姬五，就是這個醜陋稚女給你出的主意？」

姬五肅手站起，恭敬地回道：「喏。」

趙王后雙眼睜得老大，她朝孫樂認真地打量了幾眼，打量後，她搖了搖頭，撫著眼睛說道：「我從來沒有見過人能醜成這個樣子！這樣的醜女，就算有才又如何？姬五，令她坐偏一點，別傷了我的眼。」

趙王后這話一出，五公子的薄唇張了張，卻沒有多說什麼。而孫樂這個時候，已向他的身後藏了藏，只是一轉眼，她便讓自己隱藏在五公子及眾人的身後，讓趙王后看不清她了。

見不到孫樂了，趙王后不由得吁了一口氣，她撫著飽滿白皙的胸口，感慨道：「當真太醜了！姬五，我現在是真的相信了，你真如世人所傳聞的那樣，對人的外表並不看重。」

五公子微微欠身，淡淡回道：「娘娘過獎了。」

孫樂隱藏在他身後，聽到趙王后一再感慨她太醜，不由得鬱悶地癟起了嘴：我其實，真的好看很多了。

她也知道，趙王后並不是大驚小怪。實在是她們這種出身的人，身邊侍候、日常面對的，都是精挑出來的美女俊男，根本沒有見過真正醜陋的人。

趙王后現在對孫樂是一點興趣也沒有了，她拍了拍掌，嬌喝道：「再奏吧！」

眾樂工整齊地應道：「喏！」

就在這個時候，一個清亮的男子聲音從殿門外傳來。「聽說美名滿天下的姬五帶來了一個極醜的稚女？喲，這一點我等很感興趣，倒是想見一見了。」

聲音一落，四個華服束冠的青年男子出現在殿門口，仔細一看，這四人長相略有點相似，似乎是兄弟。

這些青年男子的出現，令得樂聲再次中止。他們大步走到趙王后下座，衝著她叉手行禮道：「王后娘娘安。」

這幾人顯然身分頗為高貴，就算趙王后也有點敬畏。她縮了縮身子，豔美的臉上擠出一個笑容。「原來是幾位公子。來人，備座！」

她一聲喝令，眾宮女、太監便忙活起來，移榻的移榻，備几的備几。

那最先開口的青年約莫十八、九歲，一張容長臉，長眉鳳眼，兩眉幾乎相連，皮膚白淨，雙眼明亮，只是眼皮底下有點淡淡的黑眼圈。他頭戴金冠，身穿淺青色夾衣，外披淡紫色外袍，是個長相俊朗的男子。

他與趙王后見過禮後，便轉過頭目光灼灼地盯著五公子，打量個不休，那目光頗為無禮。

五公子抬起頭來，與那人雙眼相對。

來人盯著盯著，忽然露出雪白的牙齒，衝著五公子一笑，只是這一笑頗為意味深長。他目光轉向五公子身後，奇道：「咦？不是說有個奇醜無比的稚女嗎？怎地不見？」

他這句話一出，全場的目光都聚向五公子身後。

在眾人的目光中，孫樂不等別人命令，便低著頭慢慢地站起身來。這個時候，她心跳如鼓，平素在書中看到過的史事一一流過心頭，同時，一種本能的不安讓她警惕起來。

那青年掃了她一眼，目光看向五公子，嘴裡卻命令道：「抬起頭來。」

孫樂並沒有抬頭，而是繼續低著頭，靜靜地回道：「不敢。我怕陋顏污了公子雙眼。」

「喔？」那青年公子聽她這麼一說，倒是有點興趣，他把視線從五公子臉上移開，看向孫樂。

對著低頭的孫樂，青年公子譏嘲地說道：「難不成，妳的臉比妳這一頭稀疏的黃毛還要難看？」

青年公子的話一落，殿內傳出一陣嗤笑聲。

孫樂依舊低著頭，靜靜地回道：「正是如此。」

「喔？這下本公子倒真感興趣了。」他向孫樂走近一步，喝道：「抬起頭來！」

孫樂清聲應道：「公子既然有令，我不敢不從。」說罷，她慢慢地抬起頭來。

她這一抬頭，開口的青年公子倒抽了一口涼氣！

而站在他身後的三個公子中，那個臉色蒼白、有點肥胖的公子尖叫了一聲，急急地喝道：「來人、來人，把這奇醜無比的丫頭給本公子拖出去砍了！快、快！別傷了本公子的眼！快！」

那公子的喝聲一出，五公子臉色便是一變，他急喝道：「且慢！」他抬頭定定地對上那呼喝不已的白胖公子，朗聲說道：「九王子，怎可因人醜便輕易誅殺？」

那白胖公子連連揮著手，捂著眼睛說道：「她傷了本公子的眼！她令本公子今晚會作噩夢便是該殺！」

白胖公子這麼一說，兩個衛士便大步向孫樂走近。

就在他們要靠近孫樂時，孫樂忽然清笑出聲。

她的笑聲響亮而清脆，在如今的場合是特別顯眼。一時之間，眾人驚愕地向她看來，連五公子也是一臉驚詫。

孫樂靜靜地看著那個最先開口的俊朗公子，淡淡說道：「原來身為尊貴的王子，說的話也毫無作用，形同放屁。」

她明顯是針對俊朗公子的，當下他臉一沈，盯著孫樂危險地喝道：「妳這賤婢！妳說什麼？」

孫樂淡淡地說道：「我剛才已經向公子等人告知了，我相貌醜陋，恐污了公子的眼。我連向公子告知了兩次，也是得到了公子的再三命令才抬起頭來的。只是我沒有料到，公子雖然身分尊貴，說出的話卻是一點威信也沒有。言而無信之人所說的話，可不就是形如放屁？」

她這一席話淡淡丟出，卻擲地有聲！

這是一個最重然諾的時代。在這個時代中，說話算數甚至是衡量一個人的人品的主要標準。那青年公子啞在當場，他被孫樂這一席話給僵住了，他是萬萬不可承擔言而無信的後果的。

正在這時，那兩個衛士也走到了孫樂身後，他們伸出手臂就要把她扯起來，突然地，俊朗公子怒了！

他狠狠地瞪了那兩個衛士一眼，也瞪了那白胖公子一眼，厲喝道：「誰許你們碰她的？快快退下！」

兩個衛士連忙躬身應道：「喏！」

俊朗公子盯著孫樂一會兒，突然哈哈笑了起來。笑著笑著，他向一旁鬆了一口氣的五公子說道：「怪不得這麼醜的丫頭姬五你也帶在身邊，原來有如此膽識。不錯，相當不錯！」連讚了幾聲不錯後，他轉向孫樂，笑咪咪地說道：「我說丫頭，妳很不錯，本公子很看重妳。要不，妳跟了本公子吧？本公子身為趙王之子，有的是妳的榮華富貴。」

俊朗公子這話一出，五公子臉色微沈。

而阿福則在一旁發出了一聲低低的驚呼，驚呼聲中，阿福不安地看向孫樂。被一國大王子，而且很可能成為太子的人親自邀請，這是罕見的殊榮啊！他真擔心孫樂會答應。孫樂答應的話，五公子可就大失顏面了。

孫樂靜靜地看著大王子，她看得很明白，他看自己的眼神中有厭惡。第一次見到五公子時，他也曾用厭惡的目光看過孫樂，可是，那是孫樂在對著他發花癡的情況下才有的，而且孫樂後來也知道了，五公子厭惡所有因為他的外表而關注他的目光。

大王子厭惡自己，卻想把自己弄到身邊去，難不成，是因為自己剛才說了他放屁，他耿耿於懷了？

孫樂知道自己的這個猜測並不離譜，因為大王子長相雖然俊朗，可雙眉連成一線，眼睛帶著陰沈，是個心胸狹窄之人。再說了，他一介王子，被自己這樣一個醜婢當著眾人的面前恥笑了一番，他心中有怒火也是正常的。

只是一瞬間，孫樂的腦海中便轉過這許多的念頭。她見大王子等著自己的回話，便低下頭輕聲回道：「孫樂受姬五公子知遇之恩，活命之德，不敢擅離他而就富貴。」

大王子沒有想到她會拒絕，怔了怔後呵呵一笑，揮了揮手。「原來妳這丫頭還是個知恩圖報之人？罷了罷了！」說到這裡，他便不再理會孫樂了。

在他來說，如他這樣高貴的身分，與一個醜女說了這麼多的話，還出言招攬過，這足以表明他的開明和王者風範了。天下人說起，也足以抵消他剛才被一個醜陋賤婢擠兌所出的醜了。

第七章　姬郎美好生事端

大王子轉頭瞅向五公子，他笑盈盈地向他靠近一步，聲音清朗地說道：「姬五，我們兄弟可是早就聽過你的大名啊！你不但長相俊美如玉，沒有想到才智也是驚人。想當初趙王后不過是一介寵姬，其地位甚至還在我等母親之下，你小子略施妙計，便令得父王立她為王后了。因為這一計，你姬五也算是有了匹配你美貌的才智了。」

大王子的最後一句，加重了語氣，聽起來頗帶戲弄，當下五公子俊臉一青。

大王子見他臉色不好，不由得哈哈大笑起來。他朝五公子上下打量一番，笑聲不休。

「如今五公子豔名遠播天下，這次來的使者有不少都在問起呢！」

他這一句話說出，不只是五公子，連阿福和趙王后也是臉色微變。

這句話，已經是挑釁了！

按照規則，這種侮辱性的挑釁，被挑釁的那一方是要提出武力決戰，以劍論生死的。當然，下場的人是他們各自廝養的劍客。

可是，五公子只是小府人家出身，身邊哪有什麼一流的劍客？這一場挑戰，他只要一提出便是損失慘重。

大王子有備而來，他說完這話後便笑吟吟地瞅著五公子，等著他發怒。

五公子深深地吸了一口氣，雙眼微閉，當他再睜開眼時，已是一臉平靜。「此次五國智者之會，趙國乃是東道之主，大王子正是主人。」五公子冷笑道：「可是大王子剛才所言，便是待客之道？」

他居然不與大王子做意氣之爭！

當下趙王后等人齊齊地鬆了一口氣。

大王子被五公子說得一僵，半晌後才從鼻中發出一聲重哼，冷笑了兩聲，朝著五公子上上下下打量半晌後，忽然長袖一甩，轉身離去。

他一走，另外三位王子也只得跟著離去。只是他們在離開時，對五公子頻頻回望，顯然興趣越濃。

只是好好的一場宴會，被幾位王子這麼一鬧，味道全沒了。當下眾人待了一會兒，便先後告辭離開。

孫樂坐在馬車上，低著頭看著自己的腳尖，一言不發。

當馬車駛出趙宮時，五公子的臉色已好轉了一點，他轉頭看向孫樂，低聲說道：「剛才幸好妳機警。孫樂，這一次進宮可嚇著妳了。」

孫樂輕輕應了一聲，說道：「我沒有想到他們居然憑心情殺人！」她一直以為，現在這個世道還是太平的。她還真沒有想到，這些上位者完全憑著喜怒就如此胡為。

孫樂啊孫樂，妳還想買一幢小屋，過著安樂日子，可這種世道又哪裡有妳的安樂日子？

五公子點了點頭，輕聲說道：「我上次來時，都沒有體會過這種事。」頓了頓，他苦笑道：「以後妳出門就戴上紗帽吧。」

「喏。」

阿福顯然也是餘悸猶存，他這時長吁了一口氣，有點無力地說道：「五公子，這邯鄲還真是一個可怕的地方。我看那大王子對公子你不懷好意，他不會動什麼手腳來相害吧？」

這話也正是所有人的擔心。

一時之間，馬車中沒有一個人吭聲。

孫樂靜靜地看著車簾外面，現在已經是晚上九時許了，可街道上還是人來人往，無數的火把與燈籠交相輝映，給這古老的城池增添了一份孫樂從來沒有見識過的韻味。

孫樂咬著唇，靜靜地欣賞眼前的一切，這時，她的腦海中百感交集，剛才的侮辱、命懸一線的危險一次又一次地在她的腦海中回映。

過了好一會兒，孫樂的聲音在馬車中輕輕地傳來。「五公子，從明天起，我想時不時到外面走一走、看一看。」

她望著外面的景色出神時，突然說了這麼一句，當下五公子和阿福都是一怔。

阿福皺眉道：「孫樂，妳糊塗了？剛才的經歷妳現在就忘記了嗎？怎麼還說想出去走動？」

五公子則靜靜地注視著她。「為什麼？」

燈籠濛濛的光亮照在孫樂的臉上，映得她的雙眼清亮至極，她對上五公子和阿福的臉，低聲回道：「我只是想知道，後面還會有多少類似的危機？」

她的聲音輕輕的、靜靜的，一如往常。

可她一句話說出，五公子和阿福都驚住了。這哪裡還是一個十二、三歲稚女說的話？兩人上下打量著她，暗暗想道：孫樂實非常人也！

五公子對上她平靜而堅決的神情，點頭道：「記得戴上紗帽。」

「謝五公子。」

馬車中又恢復了平靜。

孫樂側過頭，看著前方五十公尺處的一個燈籠，燈籠在微風的吹拂下，正輕輕地左右晃動著。孫樂靜靜地望著它，心中想道：孫樂，明天又會是新的一天。

當天晚上回到府中後，孫樂足足練了一個小時的太極拳，才在午夜將臨時入睡了。

第二天她起了一大早，對著天空中閃爍的群星又練起太極拳來。

當她練到用早餐的時候，土妹帶著一個中年太監向她的木房走來。土妹遠遠地一看到孫樂，便對著那太監指了指她。

那太監遠遠地瞄了孫樂一眼，點了點頭。

孫樂心中暗暗奇怪，她搶上前幾步來到兩人面前，剛要開口，那太監已把手中拿著的一個包袱朝她一塞，尖聲說道：「妳是孫樂？王后有令，妳昨晚受了驚嚇了，這一金是賞給妳的。」

孫樂剛接過，那太監便彷彿她有瘟疫一樣，掉頭就走，土妹朝孫樂看了一眼，遲疑了一會兒便追了上去。

孫樂望著大步離去的兩人，淡淡笑了笑。

她知道，這太監擺明了就是看她不起，不過這時代的太監可是一點地位也沒有，她無須為這事在意太多。

她低頭望著手中小小的黑布錦袋，伸手一掏，一錠斤許的金子出現在她的手心上。

孫樂把這一金重新放回黑布錦袋，舉步向五公子的廂房走去。

當她來到庭外時，五公子正在柳樹叢中望著前方的湖水出神。他聽到腳步聲後，緩緩回過頭來。

孫樂低頭走到他身後，輕聲道：「稟五公子，剛才趙王后派太監賞了我一金，說是給我壓驚。」說罷，她把那黑色錦袋雙手奉上。

五公子沒有接，他淡淡地掃了一眼，有點不悅地說道：「昨晚危險時不見她出言半句，現在也只是拿出一金。助了這個女人，我有點悔了。」

孫樂輕輕一笑，低聲說道：「公子何必在意？公子幫了她大忙，就算她想忘記，本家也忘不了，天下人更忘不了。她越是無禮，越是會被世人輕之。」

五公子靜靜地望著她，嘴角微揚。「言之有理。助了她，揚名天下的是我。」頓了頓，他又說道：「孫樂，妳在任何時候都能如此不驕不躁，實是難得。而且，妳昨晚的應對很好，非常好！我見過的人多矣，如妳者卻不多。」

「謝公子誇獎。」

五公子揚了揚唇。「這金子是賞給妳的，收下吧。」他說到這裡，又叮囑道：「外出時記得戴上紗帽。」

孫樂聽了後面一句，心中不由得一嘆：是應該戴上紗帽，我這臉啊，還真是對不起市容。

她躬身應道：「喏。」

「去吧。」

「喏。」

孫樂慢騰騰地向外走去，她走出十幾步後，腳步一頓，悄悄回過頭看向五公子。此時的五公子，又轉頭眺向那湖水遠山，他站在柳樹旁，碧水側，美得如一幅畫。

孫樂剛想到這裡，便苦笑了一下，迅速地轉過頭來大步走開。

她沒有回府，而是到阿福那裡借了一頂紗帽，直接出了府門。

邯鄲城是天下著名的繁華所在，也是孫樂穿越到這個世界後看到的最大的城市，她人還沒有走出，心情便已有點激蕩。

出了府門向左側拐過三百公尺不到，就是一條青石大街。邯鄲城中的幾條青石大街旁，集中了一城的權貴，這裡熱鬧非凡，而且行走的人多是衣冠楚楚。孫樂本來人小，又戴上了一個比她腦袋大得多的紗帽，整個街道中戴紗帽的人不少，可如她這樣的卻是少見。一時之間，也招來了好幾道目光。

孫樂靜靜地靠著街旁走著，雙眼好奇地打量著四周，觀察著人群。

大街上的行人，騎驢和騎馬的居多。騎驢的雖然身著麻衣，卻不論是佩劍還是戴著束冠，一個個都氣宇軒昂。至於騎馬的則是錦衣華服，侍傭成群，顯然是貴介子弟。

街道中，也可以看到一個個美麗的少女，這些少女也是身著錦衣華服，騎著駿馬，美麗的臉上帶著天生的嬌貴。她們肆無忌憚地在街道上縱馬奔馳，與身邊的少年男子嬉笑著。

孫樂走了不出五百公尺，便看到了兩家當鋪。不過她不敢進去，攏了攏袖中的金子，她暗中搖頭想道，反正也不需要買什麼東西，這錢就留著吧。

孫樂站在一家當鋪前東張西望時，一個甜美的聲音從身後傳來——

「妳是誰？這麼年紀小小的幹麼也戴著紗帽？」

這聲音突如其來，而且就在孫樂的身後。

孫樂轉過頭，對上了一個比自己高不了多少，約莫十三、四歲的少女。少女外面披著大紅繡著長河仙鶴，鑲以金線的披風，裡面是一件翠綠色的小衣，頸間戴著上好的碧玉圈，那外露的白嫩肌膚彷彿可以掐出水來。

少女的手中牽著一匹高頭大馬，她的身後跟著兩個麻衣劍客。

此時，少女正好奇地上下打量著孫樂，在對上她的麻衣草鞋時，她癟了癟嘴。雖然癟嘴，但少女依然望著孫樂，顯然還是好奇著。

孫樂眨了眨眼，望著少女慢吞吞地說道：「那妳又是誰？為什麼年紀小小的也戴著紗帽？」

少女沒有想到她會這樣回答，不由得一怔。

孫樂朝她上下打量了好一會兒，忽然笑道：「啊，我明白了，妳是長得太美，所以要用紗帽遮起妳的面容，對不對？」

少女聞言大樂，她眉眼彎彎地說道：「對呀對呀！啊，也不對！」她朝孫樂湊近些許，對著她的耳朵悄悄地說道：「我是怕人認出來了呢！」

孫樂聞言連連點頭，也悄悄地對著少女說道：「這裡沒有人認得我，可我擔心自己長得不好，讓別人取笑，便遮起來了。」

少女聞言又朝她上下打量起來，她的目光掃過孫樂外露的頸項，又掃過她的手腳，半天後有點吞吞吐吐地說道：「妳的皮膚，好難看。」

孫樂笑了笑，輕快地說道：「沒事啦，我長大後會變得好看的。」

「真的？」

「當然是真的！」

少女懷疑地歪著頭對孫樂上下打量不休。

正在這時，少女的眼睛朝旁邊一瞟，忽然格格地歡笑起來。她的笑聲清脆而響亮，遠遠地飄出，引得眾人不住地回眸，孫樂也詫異地順著少女的目光朝右邊看去。

只見右邊的道路中間，一個全身濕淋淋的麻衣漢子面色木然地走來。這漢子二十六、七歲年紀，生得高大英武，濃眉中有股威嚴。不過他現在木著一張臉，眼神中透著一股死灰和傷痛，顯然絕望至極。

少女格格地嬌笑著，一邊笑，一邊拍著雙手快活地叫道：「哎呀呀，妳看到沒有？看到沒有？這人好好玩呀！他的腳上穿著鞋子，可他走過的地面上卻是五個腳趾印都出來了。呵呵，真是好玩！」

孫樂聞言低頭，果然，麻衣漢子一雙草鞋的鞋面完完整整，可他每走一步，一個濕淋淋的光腳印便清楚地印在青石地面上。

少女肆無忌憚的大笑聲、拍手聲，引得四周眾人頻頻注目，也引得大漢身後百公尺處跟著的幾個漢子橫眉相對。

少女似乎一點兒也沒有感覺到不對，她兀自拍著手，笑咪咪地叫道：「啊啊，真有趣呀！真好玩吶！不行，我得把這個人抓回去，叫他天天這樣玩兒給我看看！」

少女這話一出，那幾個大漢當場臉色大變。他們同時把手按在劍柄上，雙眼冷冰冰地盯向少女，向她大步走來。

在少女身後的兩個麻衣漢子相互看了一眼，同時上前一步，站到了少女身側。

就在氣勢劍拔弩張的時候，少女笑逐顏開地轉向孫樂叫道：「喂，妳覺得這人好不好玩？」

孫樂望著快樂的少女，笑了笑，聲音一提，清清朗朗地說道：「妳說錯了，這不叫好玩，這叫與眾不同！別有風采！」

孫樂的聲音清清朗朗，遠遠傳出，那幾個冷臉肅殺的大漢同時一怔，停下了腳步，連那個一臉木然向前的濕透大漢也慢騰騰地偏過頭，詫異地向她看來。

孫樂彷彿沒有看到他們注意到了自己，在少女睜大了眼，好奇的詢問中，再次朗朗地回道：「小姊姊，妳看這個世上，可有哪個男兒能信步而行時，從上看草鞋儼然，從地面看腳趾印也儼然？這可是放蕩不羈、縱意而行的大自在。」

孫樂這話一出，眾人都是一怔。須臾，有幾人偷笑起來。孫樂這番話說得極為有趣，初聽十分正義凜然，細想卻又有點滑稽，實是讓人越想越覺得好笑。

不過這些人轉眼對上麻衣大漢威嚴肅然的臉時，那笑便怎麼也不敢放肆了。

那個濕淋淋的麻衣大漢詫異地轉過頭，緊緊地盯著孫樂，只是這片刻，他的表情已恢復了正常，雙眼清亮。

大漢雙眼亮度驚人地盯著孫樂，忽然間，他頭一昂，仰天大笑起來。

大漢的笑聲清亮至極，宛如鐘鼓之音，遠遠地傳蕩開來。

隨著他這一笑，周圍看熱鬧的眾人也跟著笑了起來，而少女更是雙手拍個不停，笑個不休。

站在大漢身後百公尺處的那幾個麻衣漢子，冰冷的臉同時一鬆，他們感激地看著孫樂，眼睛中晶光閃動。

大漢在大笑中甩開雙臂，呼呼有風地向孫樂大步走來。孫樂眼一抬，便看到人群中有不少人臉色微變，緊緊地盯向這邊。

不一會兒，大漢便走到了孫樂面前，他低頭凝視著孫樂。「縱意而行、隨心所欲的大自在？哈哈哈哈！小姑娘，義某羞愧啊！」

大漢一張國字臉，濃眉大眼，雙目如電，威嚴中透著一股凜然之氣。讓人一見便心生信任。

他連說了兩句「羞愧」後，盯著孫樂問道：「妳叫什麼名字？」

孫樂清聲答道：「我叫孫樂。」

「孫樂？好！義某記住了！大自在是嗎？哈哈哈哈……」

仰天大笑中，大漢旁若無人的轉身就走，孫樂注意到，在他經過的地方，眾人——包括一些麻衣劍客在內，都自然而然地分開道路，讓他先行。

大漢直走了很遠，他清朗的笑聲還不斷地傳來。那幾個一直跟著他的漢子連忙腳步加快，向大漢追了過去。他們在離開時，都衝著孫樂點了點頭。

孫樂靜靜地看著他們離開，嘴角微微帶笑。

這時，少女又湊了過來，叫道：「咦？妳很會說話呢！妳看，大夥兒都笑起來了呢！」說到這裡，她拍掌歡笑起來。「沒有想到出來這麼好玩呢，哥哥們可真壞！」

對上少女天真的笑容，她身後的兩個麻衣劍客齊齊苦笑。

正在這時，一個青年急急地從人群中擠了過來，青年迅速地衝到少女面前，把她的手臂一扯，朝自己一拉，低聲怒道：「舒兒，妳怎麼能如此幼稚？居然在大街上放肆地取笑他人？妳、妳可知妳剛才差點闖下大禍嗎？」

青年的聲音又急又怒，連迭聲地說出，直說得本來還歡笑著的少女給呆住了，愣愣的一動也不動。

這個青年一身淡青錦袍，長相英俊，軒眉大眼，氣宇不凡。

青年說到這裡，把舒兒朝身後一帶，朝幾個緊跟而來的衛士低聲喝道：「馬上把她帶回去！這一次一定要關她個十天半個月才行！」

舒兒聞言大驚，她急急地回過頭來叫道：「七哥，我不要、我不要！」她大呼小叫中，幾個衛士已經走上前架住了她的雙臂。

青年沒有理會舒兒，他轉頭看向孫樂。

盯著她半晌，青年朝她深深一揖，朗聲道：「小姑娘，剛才的事多謝妳解圍了。」

孫樂抬起頭對上青年隱有懷疑的雙眼，清脆地、不解地說道：「大哥哥，你這是什麼話呀？什麼解圍？我聽不明白呢！」

青年聞言眉頭微皺，在他上下打量著孫樂的時候，舒兒已在一旁又哭又鬧了起來。青年嘆了一口氣，朝著孫樂急急地說道：「不管如何，今天舍妹的事多謝妳了。」

說罷，他轉過頭又朝舒兒低喝了兩聲，再次衝著孫樂揮了揮手，帶著屬下們匆匆離開了。

孫樂目送著他們走遠，淡淡一笑，繼續向前面走去。

在離當鋪約有兩百公尺不到的地方，是一個巨大的石屋群，這石屋群就建在街旁，踩過一條足有兩百平方公尺的廣場，廣場後面是一幢又一幢的石屋了。

廣場外面馬、驢、牛車林立，石屋高大巍巍，卻沒有刻上任何字眼，孫樂聽著裡面傳來的呼喝聲和談論聲，還有兵器交響聲，不由得有點好奇。

她站在石屋外好奇地向裡面張望時，幾輛馬車迅速地駛近。看到那些馬車駛近，孫樂連忙避向一旁。就在她避向一旁時，幾個與她一樣身著麻衣的青年也閃到了一旁。

那馬車在廣場上停了下來，不一會兒，從馬車中跳下了幾個麻衣劍客，還有一個錦衣公子。看著那錦衣公子在麻衣劍客的簇擁下向石屋中走去，孫樂不由得自言自語地說道：「奇怪，這是什麼地方呀？」

她的聲音一落，旁邊便傳來一個青年粗啞的聲音——

「這就是諸子台！」

「諸子台？」

孫樂轉過頭，不解地問道。說話的青年是個二十三、四歲的壯漢，一張黑紅的臉上帶著幾分剛強，他身穿麻衣，腰佩長劍，居然是個劍客。

麻衣青年似乎一點兒也沒有覺得孫樂這個小女孩關心諸子台有什麼奇怪，他皺眉凝視著石屋，認真地說道：「不錯，它就是天下有名的諸子台。天下間，不管你是有獨特的學問，還是有不解的疑難，或者有不錯的劍法，甚至是與人切磋比試，都可以來諸子台，這裡是有才學的才會來的地方。」

麻衣青年說到這裡，濃眉微皺，盯向諸子台的眼神灼熱了幾分。他緊緊地盯著那金鐵交鳴聲傳來的石屋，喃喃說道：「大丈夫行於世，怎能未戰便已先懼？罷了罷了，進去吧！」

說到這裡，他看也不看孫樂一眼，一咬牙便大步向石屋走去。

孫樂望著麻衣青年決絕的背影，這才明白過來，他之所以向自己這個小女孩解釋，只不過是想通過說話來緩解一些壓力罷了。

她抬起頭，數了數諸子台的石屋，又傾聽了一會兒後，便繼續向前走去。

青石街是貴介們的地盤，孫樂走過了幾條青石街，便足足花了一個半時辰。她身子一轉，向著右側兩百公尺遠的泥土街道走去。

她這次只是想熟悉一下邯鄲城，就近觀察一下這裡的人情世故。她人小不起眼，又十分小心，這樣平平靜靜地逛了三個時辰，差不多逛遍了邯鄲城的五分之一，才轉身向姬府走回。

孫樂回到木屋中，找到地方把金子藏好。

這時已是晚飯時分，這個時代的人，一般都是一天兩餐，孫樂逛了一天，肚子實在餓極。

送飯菜來給她的是土妹，土妹看到她時已不會緊張，瞅向孫樂的眼神中還帶了一分敬佩和羨慕。

孫樂望著擺在几上的飯，這是一小碟煮大豆，大豆上放著一小塊精肉和一把青菜。她看了又看，輕聲問道：「今天晚飯只有大豆？」

土妹應道：「不是，今天晚飯弄少了些。」

孫樂點了點頭。

土妹小心地看了她一眼，半晌後又吶吶地說道：「只有妳和我們是食一樣的。」

孫樂一怔。

她靜靜地望著那碟大豆，半晌後輕聲說道：「往日亦是如此？」

「喏。」

孫樂點了點頭。

土妹待了一會兒，見她表情不變，實在看不出在想什麼，便低頭吶吶地告知了一聲，退了出去。

孫樂伸手拿過那碟大豆，慢慢的一粒一粒地吃了起來。

這些大豆便是她前世常吃的青豆，不過以前她是當零食吃，現在卻是當主食用。這種煮發了的大豆嚼在口中淡而無味，還真是難吃。

雖然難吃，孫樂還是一粒一粒地、慢慢地吃了個精光。用過餐後，孫樂展開架式，又一招一式的練習起太極拳來。

漸漸地，夜色越來越濃。漸漸地，天地間變得灰濛濛的一片。漸漸地，無數火把和燈籠充塞在天地間。同時充塞在天地間的，還有一陣陣笙樂聲和酒肉香味。

孫樂晚上沒有吃飽，此刻聞著那一陣陣肉香，肚子不由得咕嚕地叫了起來。

孫樂無力地搖了搖頭，伸手在自己的肚子上拍了拍，低聲說道：「肚子啊肚子，你能有得吃便已比很多人好了許多，怎麼你還不知足？還在想著吃魚吃肉？」

可她這一拍，肚子咕嚕地響得更厲害了。

這一天晚上，她照例練習太極拳直到很晚才入睡。

第二天天剛濛濛亮時孫樂就起了床，重新練習起來。

這種吐納方法很神奇，特別是配著太極拳使用時，可以令得她幾個時辰的練下去都沒有疲憊感，不過要是單獨練那就沒有多少感覺了。

早餐是麵食，依舊是土妹送來的。

孫樂用過餐後便向五公子的房間走去，剛剛到五公子的院落外面，便聽得裡面鶯鶯燕燕的女子說話聲此起彼伏，顯得十分熱鬧。

孫樂連忙走進拱門中，一出拱門，她便看到一叢柳樹下，粉紅翠綠地站著三個美麗的少女。這些少女個個長相嬌俏，姿色尚在雙姝之上。

孫樂眼睛一轉，看到了站在一旁的榕樹下，眉頭微皺，一臉為難地瞅著那些少女的五公子。

孫樂加快腳步，輕手輕腳地來到五公子身側。

五公子眼角的餘光瞟到了孫樂，頭也不回地說道：「孫樂，這些女子全是趙國大王子送來，說是為了那晚的事賠禮道歉的。」

他說到這裡，苦笑了一下，轉頭對著孫樂說道：「大王子送來時，口口聲聲說這些都是趙之處子，個個乃千裡挑一的美人兒。孫樂，妳說大王子如此的做法，究竟有何用意？」

孫樂靜靜地看著那些少女，心中卻萬般滋味同時浮出心頭。

她聽到五公子的問話，緊緊地抿了抿唇，轉過頭看向他，眼皮微斂，輕聲回道：「五公子為了趙王后而得罪了大王子等，此事其實可免。不管大王子此舉何意，五公子何不欣然受之？對幾女寵之悅之？」

孫樂最後幾個字，說得有點艱澀。她沒有辦法不艱澀，說這話的時候，她甚至有一種抽離感，一種是她的理智在令她說出這些話，另一種是她的情感，她的情感在喝罵她、指責她！孫樂這話一說出，阿福迅速地轉過頭驚愕地望著她，一臉的不敢置信。

孫樂嚥了一下口水，又說道：「五公子與大王子之間，並沒有真正的仇怨。如今五公子聲名在外，他想要結納公子也在情理當中，據我所猜測，大王子可能是想向公子示好。」

大王子在那天晚上剛受了孫樂的指責，轉眼便向她說出籠絡之言，現在向五公子主動示好也是理所當然。

五公子皺起眉頭，他望著那些少女，半晌後才低低地問道：「妳相信他是要收攏於我？」

孫樂輕聲回道：「喏。」頓了頓，她見五公子有點猶豫，便又說道：「公子想成大事，當左右逢源才是。」

五公子抿著唇，想了想，半天後他輕聲說道：「對幾女寵之悅之？不可。」

孫樂心中大喜！

五公子苦笑了一下，低低解釋道：「我有一個妹子，她喜歡我，而她的父親兄長在本家有影響力。現在這種時候，不可發生此類的事。」

孫樂的大喜才剛剛浮出，聞言又是一陣驚怔。

她呆呆地望著那些少女們，雙眼有點發直，腦海中嗡嗡的一片。她直到現在，才知道五公子居然還有一個情人在等著他！而且五公子對她頗為在意！雖然聽五公子的口氣，他對那妹子的利用大於情感，可是、可是……

孫樂，妳怎麼就是悟不透、放不下呢？孫樂！妳一定要放下！一定要！

孫樂慢慢地低下頭，低下頭。

這時，五公子長嘆了一聲，半晌後又說道：「可有他法？」

孫樂輕輕地應道：「且容我想想。」

五公子點了點頭。

正在這個時候，幾個腳步聲從後響起，同時，三公子的戲謔聲傳來——

「喲，我們的五弟好大的豔福啊，居然博得趙國大王子以美人相贈。嘖嘖嘖，十九弟，你我從此後可是只能步老五的後塵了。」

他一邊嘖嘖連聲，一雙眼睛卻盯著那些少女上下打量，那色迷迷的樣子，彷彿恨不得享受豔福的是他自己。

幾個少女在三公子色眼的打量下，矜持地嬌羞笑著，眼波卻頻頻向五公子送去。

孫樂慢慢向後退出幾步，把自己隱入了阿福身後。

三公子的話，令得十九公子不滿地哼了一聲，他如刀的眉頭微皺，一臉敵意地盯著五公子。三公子只是一句話，便令得十九公子敵意盡現。

五公子渾然無視兩個兄弟的不滿，他轉頭看向他們的身後。

走在兩兄弟身後的還有兩個食客，其中一個就是木子。

五公子一看到木子也在，俊臉上喜色盡現，他大步向木子走去，深深一揖，輕聲說道：「木公來了？還請木公教我。」

木公頭微微一昂，微瞇著雙眼打量著那些少女，一臉若有所思。

五公子這時右手朝自己房中一指，清聲說道：「三哥、十九弟、木公、劉公，請！」

說罷，他帶著眾人大步向房中走去。

孫樂低著頭，安靜地跟在阿福身後也走了進去。

五公子、三公子、十九公子，還有兩位食客各在榻几上坐下。

阿福走過去，把房門紗窗給關了起來。

孫樂則安靜地站在五公子身後。

一個侍婢把酒斟上後，五公子開口了，他把自己那晚與大王子的恩怨說了一遍，當然，他省去了與孫樂有關的情景。

略略一說後，他嘆了一口氣說道：「外面的這些美人，都是大王子所賜。木公、劉公，你們覺得大王子這是什麼用意？我該如何應對才是？」

木公微一沈吟，片刻後撫著長鬚說道：「五公子，大王子這是不懷好意啊！」

五公子一怔，上身微前。「木公還請詳言。」

木公沈聲說道：「大王子那晚態度如此惡劣，焉能一朝得解？這分明是以美人開路，只怕後面他會耍出新的手段來了。」

五公子眉頭微皺。「我還是不明白木公之意。」

木公徐徐地說道：「這些美人，怕是大王子派來的奸細。五公子，枕邊美人最是難防啊！」

孫樂聽到這裡，雙眼看著地面暗暗好笑：以五公子今日今時的地位，焉能值得大王子派上奸細？

五公子聞言，不由得抿緊薄唇，半晌後低聲說道：「還請木公教我。」

木公笑道：「此事不難。這些美人既然是不懷好意而來，公子不如明天退回便是。」

五公子聞言有點猶豫，這時劉公在旁也說道：「木公此言實有道理，五公子你何不納之？」

五公子點了點頭。

孫樂站在身後，靜靜地看著這一幕。她看向三公子和十九公子，十九公子是一臉漫不經心，他骨節暴露的右手正有一下、沒一下地敲打著几面；而三公子則是臉上帶著懶洋洋的笑，從表情上看不出他的想法來。

五公子拱手朝木公示意道：「多謝木公相告。」

說到這裡，他又笑道：「難得木公和劉公前來，這陣子，我在讀本家的五行衍生論，頗有不少疑問。竹簡上說，春屬木，夏屬火，長夏屬土，秋屬金，冬屬水。又說，夏至一陰生，冬至一陽生。夏本屬陽，陰從何來？冬本屬陰，陽從何來？夏和長夏為何分屬五行中的兩行？」

木公撫著鬍鬚，皺眉沈吟起來。

過了片刻後，一旁的劉公叉手說道：「天地與萬物相映，五行亦然。五行各有所司，一年卻只有四季，自然擇居中的長夏一分為二，以應天意。」

孫樂聽到這裡，嘴角向下一拉。

孫樂低眉斂目，接下來五公子和眾人所討論的，都是一路上她所唸的竹簡上的陰陽五行與治國之間的聯繫。而且他們討論的有些道理實在牽強得難以入耳，她聽了一會兒便索然無味了。

當眾人高談闊論時，阿福扯了扯孫樂的手，示意她跟著自己出去。

孫樂微微點頭，兩人悄悄地退了出來。

一出木房，阿福便朝孫樂笑道：「在屋裡甚是無趣吧？還是出來舒服些。現在我就去安排那些美人的食宿，孫樂，妳先回房間吧。」

孫樂一怔，她想不明白阿福叫自己出來，只是為了讓自己回去，不由得詫異地看著他。

阿福對上她的眼神，馬上明白了她的意思。他沈吟了一會兒，有點不好意思地嘆道：

「孫樂，妳不要見怪。妳站在那屋裡，兩位公子和食客都時不時地瞅上一眼，瞅一眼他們就皺一下眉頭，看來妳有點礙他們的眼啊！五公子正在興頭上，我不想讓他們掃了興致。」

孫樂低斂著眉頭，半晌才吶吶地說道：「喏。」

「去吧！」

「喏！」

孫樂轉過頭，慢騰騰地向自己的木房中走去。

她剛才一直在傾聽，還真沒有注意到自己的存在已經礙了那些人的眼睛。她的雙唇緊緊地抿成一線，望著地面上自己長長的倒影，不由得失了神。

孫樂回到自己的房間後，便又練習起太極拳來。她一遍又一遍地練著，許是練得久了，有時她看著飛鳥，看著風捲落葉，看著流雲來去，動作之間會自然而然地加入一些變化，雖然這些變化並不成熟，不過孫樂老是翻來覆去地練那二十四式，實在有點膩了，也樂意添上自己胡亂悟得的。漸漸地，她的招式已經不止是二十四式，變成了二十六式了。

孫樂一直練到下午時分，才洗了一個澡，把衣服都洗淨，整理好房間後，轉頭向五公子的房間走去。

這次來到拱門外時，五公子的院子是靜悄悄一片，看來那些美人已經另外安置，只等著明天退回了。

孫樂走到木房外時，房門是開著的，她慢步走了進去。

五公子正靠在榻几上，認真地翻看著手中的竹簡。陽光從窗外照進來，映在他的臉上、身上，房間中，顯得十分安逸。

雙姝不在，孫樂的腳步聲加重了些許。

五公子聽到腳步聲，把竹簡一收，轉過頭看來。

見到是她，五公子收回目光，拿起竹簡又翻看起來。

孫樂走到他身邊的榻上跪坐下，她靜靜地望著五公子，輕聲說道：「五公子，今日上午木公所言，我另有看法。」

五公子「喔」了一聲，他把竹簡微放，轉頭看向她，輕聲問道：「妳不同意木公的看法？」

孫樂點頭。

五公子嘴角揚了揚，他把竹簡攤在几上，徐徐說道：「孫樂，木公乃是我齊地出了名的人物。」

孫樂低眉斂目，平靜地說道：「我知道。不過公子覺得，大王子憑什麼要在公子身邊安上細作？」

五公子一怔，他皺眉片刻。「這個孫樂妳有所不知了，大王子想成為趙王，而現在的趙王后的兒子十八王子亦想成為趙王，這王位之爭極其殘酷，他自然想從我的身上下手。」

他說到這裡，朝孫樂溫和地看來。「孫樂，妳年紀尚小，有許多事還不明白，以後當盡心向木公學習才是。」

孫樂低頭應道：「五公子，可孫樂依舊堅持自己的看法，依舊覺得大王子此舉是想籠絡五公子而無他意。」

五公子聞言搖了搖頭，他揮手道：「好了，我知道了。」

「喏。」

一陣沈默中，五公子忽然說道：「孫樂，府中來信，說是住在妳房中的那個男孩走了。」

弱兒走了?!

孫樂一驚！她迅速地抬頭看向五公子。

五公子溫和地望著她，說道：「那孩子已走了數月，按日期來算，是在我們出發的同時他也離開了。他走之前留言說，他已回家了，叫妳不要掛念，他還說，等時機到了他會來找妳。」

孫樂怔怔地聽著，腦海中還有點反應不過來。弱兒走了？他就這樣回家了？他的家在哪裡？她這時才想起，自己與他相處這麼久，居然不知道他家到底在哪裡？家裡還有什麼人在？

房內又安靜下來，孫樂醒過神後，抬頭見五公子表情堅決，知道他意志已定，便向他告退離開。

孫樂小心地把五公子的房門帶上，她慢步走出拱門，一邊走一邊尋思道：弱兒居然就這麼走了？也不知他說的時機到了，會是什麼時候？

想到弱兒，她不由得一陣恍惚。這幾個月弱兒雖然沒有在她的身邊，可她總覺得他在等著自己。現在突然聽到他早就離開了，孫樂不禁悵然若失，好似親人遠離了，都不知相見何期，心中空蕩蕩的好不難受。

孫樂慢慢向前走去，恍恍惚惚地走到自己的木房前面時，她甩了甩頭，強迫自己的思緒轉到剛才與五公子的交談上。她暗暗想道，現在趙王身體還很好，這王位之爭根本不在一時。

姬府繼承人之事是隱密而行的，並不為諸侯所知，那麼五公子在大王子眼中，也只是一個小城主的眾多兒子之一罷了，而且還遠在齊地，就算他有點才智，對大王子來說，也是不值得他安上幾個美人奸細的。

五公子現在與趙王后有隙，而且他的美名、才智，都足以令得大王子籠絡於他。

她想到這裡，暗中搖了搖頭。

孫樂雖然想得頭頭是道，卻還是不夠自信的。因為她不敢確定自己的想法一定是對的，也就沒有了向五公子一再堅持的勇氣。

轉眼五天過去了。

到了這個時候，各地的使者和姬姓他地的族人，也都紛紛趕到了邯鄲。

這一天傍晚，孫樂在外面逛了兩、三個時辰後，回到房中清洗了一下，便向五公子的院落走去。她剛走到拱門外，土妹遠遠地瞅到了她便急急地跑了過來。

土妹跑到孫樂面前，匆匆一福，叫道：「妳回來啦？剛才五公子找妳，說要趕赴什麼宴會。」

孫樂連忙加快腳步，一邊大步流星地向前走去，一邊問向土妹。「五公子人呢？可在？」

「還在呢！他說要沐浴更衣，一直拖了一個時辰了。」

孫樂眉頭微皺，暗暗感到事情不尋常。也不知是誰的邀請，居然逼得五公子借沐浴更衣來拖時間？

她大步走到五公子的房屋外。「公子，孫樂求見！」

孫樂的聲音一落，房間裡便傳來阿福的聲音。「孫樂回來了。」

阿福的聲音一落地，一陣腳步聲便響起，身穿淡藍色外袍、月白色裡衣，腰掛碧玉的五公子已帶著阿福和雙姝走了出來。

孫樂連忙向五公子看去，只見他俊美的臉上淡淡的，可雙眼中帶著一抹隱隱的不安。

五公子看著孫樂的眼睛，徐徐地說道：「趙大王子殿下設宴相請。」

原來是這件事！

孫樂靜靜地對上五公子，平和地說道：「大王子殿下乃是貴重之人，公子可是應了？」

五公子苦笑了一下。「不錯，我這宴是非去不可。」

孫樂也是一陣苦笑。本來，大王子上次的示好如果五公子領了，也許情況就不同了。不過這一次去，也許還真的就是鴻門宴呢！

五公子瞟了一眼麻衣草鞋的孫樂，問道：「為何不換上上次的綢袍？」

孫樂輕聲應道：「我生得不好，衣服再好也無法讓人看重。」

五公子搖了搖頭，揮手道：「走吧。」

五人走出府門，府門口已備好了一輛馬車和一輛牛車，五公子和雙姝坐上了前面的馬車，而孫樂和阿福則上了牛車。

車駕緩緩啟動，駛入了青石街中。

阿福看著望著外面出神的孫樂，輕聲問道：「孫樂，可懼乎？」

孫樂回過頭衝他一笑，搖頭說道：「不懼。」

阿福大奇，他詫異地說道：「妳居然不懼？」

孫樂應道：「知道懼已無用，便不懼矣。」

阿福笑了笑，搖頭說道：「哪裡能想不懼就不懼的？妳這孩子原來在硬撐啊！」

孫樂笑了笑，沒有回答。

車輛在人群中緩緩駛過，孫樂發現，相比前幾天來，這兩天街頭上出現的車駕明顯地多了起來。這些刻有各國各府徽章的馬車牛車，成了路人注目和指指點點的對象。

孫樂望著越來熱鬧的街頭，聽著人群中傳來的笑語聲和打鬧聲，不由得有一種恍惚的錯覺，彷彿自己正在演一場電影，曲終人散後，自己還是二十一世紀那個打工的孫樂。

馬車緩緩地駛動，不過半個小時，孫樂便發現馬車並不是往趙王宮方向駛去。她有點訝異，也有點好奇，不由得轉向阿福問道：「福大哥，趙大王子卻是在哪裡設宴？」

阿福也伸出頭朝外面四處瞅著，聞言頭也不回地應道：「是東街的徐夫人府。」

「徐夫人府？」孫樂奇道。

阿福點頭道：「不錯，正是徐夫人府。徐夫人乃是趙地有名的美人，她雖是趙室公主，卻豔名遠播，交遊廣闊，這一次五國之會，使者們都喜歡在徐夫人府相約。這一次趙大王子邀請我家公子在那裡見面，想來並不懷有惡意。」

孫樂聽到這裡，不禁有點好奇，徐夫人豔冠天下，有人說她是天下五大美人之一。不過更有人說，她的豔名其實是由於她過於放蕩所致。

想到這裡，孫樂不由得有點期待起來。

馬車牛車漸漸駛入了東街，東街是各大宗室權貴們最集中的地方，在這裡，經常一府人家便占了十來里地方。因此東街雖然青石鋪地，街道又寬又長，卻行人甚少，不見店鋪。偶爾經過的，盡是一些馬車，連牛車也甚少可以看到。

這裡的建築，多是青磚碧瓦，在西下的金燦燦的太陽光照耀下，這些古老的、長著青苔的建築讓孫樂產生一種「不知此身何處」的感覺。

牛車慢慢而行，不一會兒，走在前面的馬車拐了一個彎。阿福抬頭眺了眺，笑道：「應該到了。」

隨著牛車漸漸駛近，一陣笙樂聲飄然而來，伴隨著笙樂聲的，還有趙女呢喃般的歌聲。

漸漸地，她的視野中出現了一個巷道。這巷道甚大甚廣，足可以容得五輛馬車並行，長約里許。

巷道中，五公子的馬車便停在其中，他們人還沒有下來，顯然正等著他們。

牛車加快了速度，不一會兒便來到了馬車身後。

當孫樂跳下牛車時，五公子已向前大步走去。

走過長長的巷道，出現在眾人面前的是一個高約三公尺的青磚拱門。拱門兩旁，各站著兩排侍女。

這些侍女長相嬌美，寬寬的粉紅色袍服映得人面如花。眾侍女看到他們走來，齊刷刷地轉過頭看向五公子。

她們對上五公子俊美的臉時，一時都是巧笑嫣然。眾女雖然笑得如花一樣，卻沒有一個開口。

五公子在眾女的盯視打量中，表情清洌，目不斜視地向前走去時，一個清朗的男子笑聲傳來——

「卻不知天下果然有不好女色的丈夫乎？」正是趙大王子的聲音。

大王子的聲音一落，一個嬌柔而頗有兩分慵懶的女聲便笑道：「名揚天下的大美男原來還是個少年郎呢！嘻嘻，人家怕是害羞吧？」

這女聲一出，站在兩側的侍婢同時掩嘴嬌笑起來。隨著眾女這一笑，這方寸之地便如春花齊放，一時讓人眼花撩亂。

五公子沒有動容，他抬頭看向來人。

站在漢白玉階梯上共有七、八人，這些人都是一些年輕英俊的男子，面目肅然地站在後面。在這些青年男子之前，各站著一男一女，那個男的面目俊朗，雖然笑著卻是表情陰淡，正是大王子；而大王子的身邊，則站著一個二十來歲年紀，身材豐滿、皮膚白嫩得彷彿可以掐出水來的少婦。

這少婦柳葉眉、丹鳳眼，嘴唇小小的塗得櫻紅發亮，白嫩如脂的右眼角上生著一顆痣。就長相而言，這少婦不過只是上中等，可她有一種由裡到外、舉手投足間都盛放著的風情，如一朵開得最豔的花，無時無刻不在展現她的女人魅力。

而且，她的穿著與時人略有不同，身上一襲淺綠色的袍服，袍服上繡滿了鳳仙花和仙鶴。那袍服很緊，束出她纖細的腰身，同時領口稍低，露出胸前那白嫩滑膩的小半乳球來。在這個時代，她這樣的打扮具有致命的吸引力。

看來，這便是徐夫人了。

此刻，徐夫人正站在臺階上，笑意盈盈地盯著姬五公子打量。她秋波連送，目光頗帶挑逗，孫樂走在後面，瞅得倒覺得有趣。

五公子施施然地走到大王子和徐夫人面前，朝著他們叉手叫道：「大殿下安、徐夫人安。」

「哎喲！何必如此多禮？」徐夫人朝五公子送了一個秋波，乘機向他靠近兩步，伸出玉白滑嫩的手便向五公子的手背撫去。

五公子顯然沒有想到徐夫人在大庭廣眾間便如此相待，俊臉微沈，腳步向後微退，叉著手一鬆，同時身子很自然地偏了偏。他可能類似的處境見識多了，這麼輕輕一偏，便極為巧妙地避開了徐夫人的手，自然而然地讓了開來。

徐夫人一撫不中，不由得幽怨地盯著五公子。

五公子避開了她的目光。

大王子見此，哈哈大笑起來。他大步走到五公子面前，笑吟吟地說道：「淑姨，這下人家可不領情了吧？呵呵，我幾天前送給姬五三個美豔的處女，他可是都給我退回來了的。」大王子高挑著眉頭，笑吟吟的，不陰不陽地說到這裡，右手朝房子裡面一伸，客氣地說道：「姬五公子，裡面請！」

五公子笑了笑，叉手道：「殿下先請，徐夫人請！」

孫樂跟在阿福身後，低著頭向裡面走去，當她經過大王子時，大王子朝她瞅了一眼後便移開了視線。

走過白玉階梯，路過彎彎曲曲的雕欄玉砌，一座宮殿出現在眾人面前。宮殿外衛士肅然而立，裡面笙樂陣陣，馨香飄蕩，眼睛一眺，便可以看到裡面粉紅翠綠的美人身影飄然而過，煞是迷人心眼。

徐夫人一邊巧笑嫣然，一邊衝著五公子秋波頻送。不過她被五公子所拒後，那豐滿的身子倒是不曾再向他靠去。

孫樂的旁邊，阿福瞅了瞅徐夫人，悄悄地拿眼看了一下緊跟在身後的眾守門侍婢，再看一眼宮殿中飄來蕩去的俏影，直是看得雙眼有點發直，一副意亂神迷之相。

眾人步入宮殿中，宮殿內燈籠無數，照得大殿恍若白晝，可容上千人的大殿中，上百個美麗的少女正身穿著薄薄的夏衫，擺放著榻几。她們的每一個動作，都優美而自然，彷彿舞蹈一般賞心悅目。

眾人進去時，眾女其實已準備妥當。

大王子舉步向大殿的正前方走去，他一邊走，一邊對著身邊的五公子笑道：「姬五公子，這一次為了宴請你，我可是請了不少名流使者喔！這些人中，有不少是早就傾慕公子的風華和才智的，哈哈哈哈……」

大王子的大笑聲中，五公子面色依舊清冽，只是眼神中隱有不快。

大王子領先，在左側榻几的主位坐好。

他坐定後，徐夫人巧笑嫣然地伴著大王子坐下，她舉起手中的酒杯，玉手微抬，長袖生香，朝著五公子一傾，笑盈盈地說道：「姬五公子，妾身先敬你一杯。」

五公子嘴角揚了揚，這時，站在他身後的左姝上前一步，跪坐在地上給他斟起酒來。

徐夫人彷彿這時才看到雙姝，她明媚的眼波落在左姝臉上，再轉到她的頭髮、頸項、胸部、腰和臀部。她的目光灼灼，看得毫不避忌，打量完左姝後，徐夫人抬頭看向右姝，同樣把她從頭到腳細細地打量了一遍。

打量一遍後，徐夫人抿唇一笑，眼波流轉。「這雙生侍女雖然長相不過中上，卻難得是雙生。只是姬五公子，怎地她們跟隨公子多時卻依然還是處子之身？」

姬五臉色不變，他慢慢地把酒杯靠近唇邊，淡淡地回道：「徐夫人有所不知，這雙女明是姬五的侍婢，實是義妹。姬五珍之重之猶嫌不夠，怎敢相欺？」

「是嗎？」徐夫人嬌笑起來。

在徐夫人的嬌笑聲中，大王子也是一陣哈哈大笑，不過他的大笑十分囂張，而且囂張中帶著某種惡意。

只聽大王子笑了好一陣後，嘖嘖地咂了一下嘴，上身朝五公子一傾，咧嘴笑問道：「姬五俊美年少，卻不好女色，難不成，你好的乃是男色？」

大王子這句問話一落，又是一陣大笑。

他這話一出，五公子和阿福、雙姝都是臉色大變，頗有怒容。雙姝更是氣得俏臉通紅，那站在他身後的右姝咬牙切齒地向前衝出半步，卻又硬生生地止住了腳。

而五公子持杯靠近唇邊的手，也在輕微地顫抖著，顫抖得杯中的酒水不停的晃蕩著、晃蕩著，讓人有一種感覺，下一秒這酒杯便會碎裂在地。

孫樂看向五公子，見他已氣得臉色發白，而周圍也只有自己還冷靜著，便慢慢地上前一步，走到左姝旁跪坐下，然後穩穩地斟了一杯酒。她把這杯酒送到五公子唇邊，伸出右手自然而然地拿過他顫抖的手中那搖蕩著的酒杯放在几面上，聲音清平地說道：「大王子不過戲言耳，公子你別當真了。」

孫樂的聲音，平和安靜，清脆自然地在殿內響起，一時之間眾人都是一怔。

五公子定定地看向她，煞白的臉色在慢慢的平緩，慢慢的放鬆。

孫樂手腕一抬，把手中的酒水慢慢餵入他的唇內，酒杯很小，五公子一口就喝完了。

孫樂把空酒杯放回几面，轉頭向著大王子一禮，聲音清朗，認真地說道：「大殿下乃是尊貴之人，一言既出，便值千金。殿下怎可對我家公子如此戲言？我家公子乃堂堂男兒，他之所以不近女色，一來是因為幼時曾有名醫告誡過他，要他在十八歲之前禁慾修身，說是如此方能得盡天年。二來，我家公子有一心上之人，她以月為姿，以花為容，世間罕有，愛著那樣的美人，他又怎會再願意接近別的女子？」

孫樂的聲音，清清朗朗，平和中正，一席話說得眾人都是瞠目結舌。

五公子聽著聽著，看向孫樂的眼神中已不知不覺中添了一抹如水的溫柔，一抹感激，不知不覺中，一種從來沒有過的暖意流遍他的心田。

大王子沈著臉，漫不經心地傾聽著。他目光閃爍，唇邊掛著一抹冷笑。他幾次準備出言，卻想到孫樂所說的「尊貴之人，一言既出，便值千金」，那到了嘴邊的話便怎麼也說不出口了。

孫樂安安靜靜地把這席話說完後，慢慢向後退出兩步，重新退回了五公子身後。

徐夫人直到孫樂走出後才注意到她，她一直張大櫻桃小嘴，不敢置信地瞪著孫樂的醜臉。她瞪了一會兒後，猛然清醒過來，一清醒，她便急急地轉開視線，長袖微舉，半遮住面，似是不想讓自己眼睛的餘光瞟到了孫樂那張讓她難受的醜臉。

孫樂見狀，又向阿福身後退了退，直到從徐夫人的角度看她，再也不可看到為止。

徐夫人見狀，長長地吁了一口氣，她鬆下衣袖，臉上又露出嫵媚的笑容來，衝著五公子拋了兩個媚眼，嬌懶地問道：「五公子，這醜惡丫頭的話可是當真？你還有一個以花為容，以月為姿的心上之人？她長得多美？比起妾身如何？」

孫樂聽到她用「醜惡」兩字來形容自己，不由得大是鬱悶。其實，我只是醜而已，根本不至於惡的。

徐夫人果然是個愛美的女人，居然一開口詢問的便是這個！

大王子在旁邊不耐煩地皺起眉頭，他仰頭喝下一杯酒，慢吞吞地說道：「姬五，你這個侍婢醜是醜，倒是膽子奇大，也很會說話——」他剛說到這裡，一陣馬車的移動聲、說笑聲驀地從殿外響來。那說笑聲越來越響、越來越多，引得大王子連話也沒有說完，便向門口看去。

不一會兒，一個清朗的男子聲音從殿外傳來——

「怎地到了這裡，還不見徐夫人之芳容？」

男子的聲音清清朗朗地傳來。

徐夫人盈盈站起，大王子也站了起來，兩人聯袂向殿門口走去。

他們一起身，五公子便站了起來，帶著他們走向右側角落處坐下。他的俊臉依然微沈，嘴唇抿成了一線。

一陣熱鬧的寒暄聲響過後，一眾人絡繹走了進來。

在最前面的，是七、八個華服少年公子，這些公子打扮各異，從服裝上看來，有齊有燕也有趙地的。走在各位公子之後的，是十幾個二十來歲的青年，這些青年或作高冠大袍，一副博學多識之士的模樣，或年青俊朗，看來是各地的年青俊彥。年青人之後，又來了七、八個肚飽肥腸、氣度不凡的中年人。

看到他們過來，大殿中的眾女都圍了上去，鶯鶯燕燕的笑語聲中，人是越來越多。

不一會兒工夫，大殿中便走入了三、四十個頗有身分之人。而且這些人身後都帶了一些劍客、食客和侍婢，加起來便有數百了。可容上千人的大殿頓時滿了一半，濟濟一堂盡是朱門大戶的華貴子弟。

嬉笑聲中，殿外又有人趕來，這一次傳來的是一片嬌笑聲。

孫樂轉頭一看，只見殿外出現了十來個打扮各異，或肥或瘦、或美或醜，風姿不同的美少女。

這些美少女不同於這些侍婢，一看就是權貴人家的女兒。她們一出現，頓時滿室生輝，眾人的目光都給吸引了過去。

少女們的身後跟著一些華服少年，以及麻衣劍客。

眾人紛紛落坐時，五公子的頭微微一側，低聲對幾人吩咐道：「剛才大王子是有意羞辱我。待會兒再遇到任何情況，你們都不可衝動。得學一學孫樂，知道嗎？」

他這話，其實是衝著雙姝說來。

雙姝同時低下頭來應道：「喏。」

五公子雖然坐在偏遠角落之處，不過他的長相如此出色，就算角落裡光亮不大，卻也掩不住他的風華。

那些貴冑少女是首先發現他的存在的，一時之間，她們頻頻向這裡看來，眼望著五公子，低聲詢問不休。

對上眾少女的目光，五公子薄唇微抿，眼皮微斂，表情有一點點不自在。

孫樂看到了他隱藏的羞澀，忽然想道：五公子現在的樣子，當真、當真像一個極普通的少年，他還害羞呢！

隨著少女們向他頻頻望來，眾貴冑子弟也發現了五公子的存在，漸漸地，向這邊看來的人是越來越多，而在這些目光中，那幾個權貴裡，也有兩雙淫穢的目光朝五公子打量不休。

孫樂跪坐在五公子身後，把這些目光都收入眼底，見此她暗暗警惕起來。

這時候，客人們已全部落坐，而侍婢們也穿行其中，給每一處几上都放上酒壺，放上大塊的肉食和糕點。

五公子的几前也同樣如此，那擺放糕點和肉食的兩個美貌侍女不住地向他瞄來，表情羞澀，眼波如水。

大王子和徐夫人走到主座上坐好，他們剛坐下，大王子便詫異地叫道——

「姬五，你乃是我今晚宴請的主客，怎地坐到那個角落去了？」

大王子的聲音一落，徐夫人也笑盈盈的，嬌慵地說道：「是呢是呢，姬五公子還是坐到這裡來吧！」

兩人的聲音一落，殿內眾人同時向角落裡的五公子看來！

——未完・待續，請看文創風060《無鹽妖嬈》2

春秋戰國第一大家／玉嬴

無鹽妖嬈

青山相待，白雲相愛，夢不到紫羅袍共黃金帶。
一茅齋，野花開，管甚誰家興廢誰成敗？

文創風 059 1

孫樂想不通透，自己怎的一不留神就被雷劈了個正著？
且她一覺醒來成為一名身分低下的十八姬妾也就罷了，
偏偏她還換了個身體，變成長相醜陋兼瘦弱不堪的無鹽女！
教人汗顏的是，她名義上的夫婿姬涼卻是美貌傳天下的翩翩美公子，
唉唉，這兩相一比較，簡直都要叫她抬不起頭來了，
再者，來到這麼個朝代後，生存突然間變成一件無比艱難的事，
前面十七個姊姊，隨便一個站出來都比她美很多，
她既無法憑藉美貌得人寵愛，想當然耳只得靠腦袋掙口飯吃了，
幸好她極聰穎，臨機應變的能力絕佳，又能說善道，
想來要在這兒安身立命下來，應該也不是太難……吧？

《無鹽妖嬈》1封面書名特殊燙銅字處理，盡顯濃濃古意！

文創風 060 2

說到她夫婿姬五這人，家底是不差的，加之心善耳根又軟，
因此人家塞給他及他救回家的女人不少，這些全成了他的姬妾，
孫樂自己就是被他撿回家的，要不憑她人見驚、鬼見愁的容貌，誰肯娶？
甚至連她請求收留一個無依無靠的男孩跟她同住，他也答應了呢！
但說也奇怪，她就罷了，其他漂亮的姬妾不少，怎也不見他多瞧一眼？
別說看了，連到後院跟姊姊們說說話的場面她都很少看見過，
倒是她，醜歸醜，但因獻計解了他的煩憂，反得他的另眼相看，
結果可好，引得其他姬妾們眼紅，其中一個還對她栽贓嫁禍，
唉，使出如此拙劣的伎倆，三兩下就能解決掉，她都不知該說什麼好了，
果然男人長得太好看就是一切禍亂的起源，古今皆然啊～～

頂尖好手 **雲霓**

重生／宅門／權謀／婚姻經營之道的磅礡大作！

文創風 054 1

記得那晚，
她的洞房花燭夜本該喜氣洋洋，但揭了紅蓋頭之後，
原來是她誤將小人當良人，可憐她至死才省悟，
溫婉單純絕非優點，卻是令別人掐住自己的弱點！

文創風 055 2

重生之後，鬥人心算計、
使些手段把戲對她而言應付自如，
怎奈她心思如何機敏剔透，
仍有一個人教她看不清——康郡王；
這男人心思詭譎且深不可測，
她只得謹慎再謹慎，步步退讓只為求全……

文創風 056 3

對自己的婚事，她不求富貴榮華，只求平凡度日，
誰知康郡王非要橫插一手，竟然使計求得皇上賜婚！
從未想過要當郡王妃，但既然受了周十九「陷害」，她也絕不示弱——

文創風

059

無鹽妖嬈 1

國家圖書館出版品預行編目資料

無鹽妖嬈 / 玉嬴著. --
初版. -- 臺北市 ： 狗屋, 民102.01-
冊 ； 公分. --（文創風）
ISBN 978-986-240-995-4（第1冊：平裝）. --

857.7　　　　101026035

著作者　玉嬴
編輯　黃淑珍
校對　黃薇霓　蘇虹菱
發行所　狗屋出版社有限公司
地址　台北市104中山區龍江路71巷15號1樓
電話　02-2776-5889～0
發行字號　局版台業字845號
法律顧問　蕭雄淋律師
總經銷　知遠文化事業有限公司
電話　02-2664-8800
初版　102年1月
國際書碼　ISBN-13　978-986-240-995-4

原著書名：《无盐妖娆》由起点中文網(www.cmfu.com)授權出版

定價220元
狗屋劃撥帳號：19001626
網址：love.doghouse.com.tw　E-mail：love@doghouse.com.tw